A SUAVIDADE DO VENTO

Cristovão Tezza

A SUAVIDADE DO VENTO

3ª edição, revista

EDITORA RECORD
RIO DE JANEIRO • SÃO PAULO
2015

CIP-BRASIL. CATALOGAÇÃO NA FONTE
SINDICATO NACIONAL DOS EDITORES DE LIVROS, RJ

T339s
Tezza, Cristovão, 1952-
A suavidade do vento / Cristovão Tezza. – 3. ed. rev. –
3. ed. Rio de Janeiro: Record, 2015.

ISBN 978-85-01-10400-7

1. Romance brasileiro. I. Título.

15-19851
CDD: 869.93
CDU: 821.134.3(81)-3

Copyright © Cristovão Tezza, 1991, 2015

Capa: Victor Burton

Todos os direitos reservados. Proibida a reprodução, armazenamento ou transmissão de partes deste livro, através de quaisquer meios, sem prévia autorização por escrito.

Texto revisado segundo o novo Acordo Ortográfico da Língua Portuguesa.

Direitos exclusivos desta edição reservados pela
EDITORA RECORD LTDA.
Rua Argentina, 171 – 20921-380 – Rio de Janeiro, RJ – Tel.: 2585-2000.

Impresso no Brasil

ISBN 978-85-01-10400-7

Seja um leitor preferencial Record.
Cadastre-se e receba informações sobre
nossos lançamentos e nossas promoções.

EDITORA AFILIADA

Atendimento e venda direta ao leitor:
mdireto@record.com.br ou (21) 2585-2002.

Desisto,
e eis que na mão fraca o mundo cabe.

Clarice Lispector

Prólogo

Estaciono meu velho ônibus à beira da estrada. O local, deserto, me parece bom. Puxo a alavanca da porta, que abre com dificuldade, e deixo escapar as figuras incompletas: um bando trôpego de vento.

Também saio, para a manhã fria. Uma voz inquieta me pergunta:

— É aqui?

Faço que sim. Um vulto magro me pede cigarro e fogo. Protegemos ambos a chama do vento, e percebo que ele já tem rosto. Sopra devagar a fumaça, inventando um bolso onde se esconde a mão esquerda. Eu sinto que ele está contrariado. Sem me olhar:

— Em que ano estamos?

Penso a respeito — e decido:

— Mil novecentos e setenta e um.

Duas ou três figuras já vão longe. Um braço me acena. Em pequenos grupos, o bando inteiro se afasta em direção à planície vermelha e vazia. Quanto mais distantes, mais nítidos parecem.

Isso vai demorar, imagino. Mesmo assim, deixo o motor ligado — e deito na terra nua, à espera.

Primeiro ato

Meu personagem está acabando a sua aula. Ele revê, repete, insiste, aponta cada um dos tópicos do quadro-negro, numerados de um a oito, quatro à esquerda, quatro à direita, e há uma delicada aflição em seu rosto. Ele deseja que não reste qualquer dúvida, e cada nervo do seu corpo testemunha isso, a alma inteira voltada para as suas próprias palavras.

Mas há um fosso logo atrás dele — e do outro lado do fosso estão suas quarenta alunas vestidas de azul, cada uma delas, muito provavelmente, pensando em outra coisa que não no que está escrito adiante, nem no que elas estão ouvindo. Entretanto, há silêncio. A aula está muito próxima do fim, parece que elas prendem a respiração na agonia do sinal: em algum lugar do prédio há um inspetor se dirigindo nesse exato instante ao botão da campainha que decretará o fim de todo um ciclo de voz e giz em todas as salas. Mas não sejamos injustos: não é por isso que as meninas estão em silêncio. Elas estão em silêncio também porque o professor o merece. Nada de extraordinário; é um professor monótono que ensina coisas chatas, girando em volta da mesa como uma formiga tentando escapar de um copo de vidro. Mas há visível carinho nos seus gestos; é possível (é até bem provável) que ele tenha consciência de que o tempo dele não serve para nada naquele espaço, é provável que ele saiba — é claro que sabe! — que suas palavras têm pouquíssima importância. E no entanto ele se move, ele diz, ele repete, ele escreve no quadro-negro, e aquele zigue-zague de gestos concentrados concentra o olhar das quarenta alunas, como quem admira o trabalho de um artesão — um relojoeiro, um sapateiro, um técnico de rádio e TV — mesmo sem entender nada do que está vendo. Em suma: ele faz a coisa bem-feita, e isso sempre causa admiração. Mas há um outro segredo, talvez o principal motivo do respeito que recebe, sendo um homem tão... *sem brilho*: é que nós *sentimos* que ele é muito superior ao que parece ser. Às vezes chegamos quase a ver um sorriso no fundo daquele ritual mecânico das aulas, uma risadinha que a qualquer momento poderá desabrochar uma gargalhada de libertação — e então estaremos diante do Verdadeiro Professor, exatamente como desconfiávamos!

Bem, não vemos a risadinha: apenas desconfiamos dela. E há outro detalhe a considerar: o professor é um homem desmazelado. Pior: ele se acha feio e se retesa todo em defesa. Daí aquele fosso: se ele desse um passo em direção das meninas rosadinhas e atentas, certamente despencaria no precipício. Se, por distração, ele avança em excesso, a mão já volta para trás, cega, tateando a mesa, puxando-o de volta ao quadro-negro. Bem, as alunas também consideram o professor feiozinho, relaxado mesmo — mas, construtivas, levantam hipóteses e traçam planos secretos para que ele melhore um pouco: talvez a cor das camisas, talvez o estilo das calças, quem sabe um novo corte de cabelo... quanta coisa poderia ser feita! Chegam a discutir a cor das meias! É um carinho desinteressado, precocemente maternal. Há, é claro — sempre há dessas pessoas —, as que escarnecem cruelmente do professor. E há também as apaixonadas, as platônicas, que sentam na primeira fila e nunca sabem as respostas certas.

Pois bateu o sinal. Nenhuma debandada: apenas uma sucessão crescente de pequenos ruídos, avisando-o de que elas já estão cheias por hoje; ele compreende e diz:

— Estão dispensadas.

Só então a correria. Sem olhar para ninguém, o professor junta as folhas, cadernos e livros, apaga o quadro com método, avança pelo corredor evitando cuidadosamente esbarrar em alguém, e entra na sala dos professores para o ritual do cafezinho. Observem: ele vai direto à garrafa térmica. Trabalha no colégio há oito anos, mas temos a sensação de que chegou ontem. É visível: ele não se sente em casa; ele é silencioso; tenta ser discreto, mas gagueja; é um homem *esquisito*. Não vou falar dos outros professores, porque será grande a tentação da caricatura, assim na pressa. Vocês já conhecem: o gordo bonachão que lê a página de esportes, a loira que faz especialização pedagógica, a velha senhora que conta quinquênios, o japonês recém-formado em arquitetura, o diretor que racionalizou o café e os biscoitos da hora do lanche, e daí por diante. O fato é que, amigos ou inimigos, todos esses falam mais ou menos a mesma língua e frequentam as mesmas festas. O único *estranho*, o único *esquisito* ali é o nosso amigo. Vejam: depois de tantos anos, ele ainda treme ao tomar o cafezinho, e continua a escolher a sombra, o canto, o atrás, para esperar o próximo sinal. O que dirão dele pelas costas? Aparentemente, ele nem está interessado em saber, olhando a parede, xicrinha à mão, remoendo o pânico de que lhe dirijam a palavra.

Encerradas as aulas da manhã, o professor junta seu material e desce rápido as escadas, sempre evitando o esbarrão, e enfrenta, com discreto alívio, o sol e o calor brutal de março, na verdade mais um vapor que emana do chão: choveu a noite inteira e a cidade é um mar de barro, barro vermelho, grudento, invencível. Observem: o vermelho do barro avança sobre todas as cores da cidade. Na frente das casas vemos limpadores de pé que nos lembram ruas de faroeste, com aqueles paus de amarrar cavalos. Já foi pior; graças a uma campanha do Lyons e do Rotary, que se uniram pela primeira vez, conseguiu-se um asfalto na avenida principal, que, de fato, é a única. Mas o professor está ainda a duas quadras da avenida, e do lado, pior, o solitário, que não conta com nenhum caminho de tijolos. O lado bom da rua, como sempre, já está tomado pelas alunas, e ele não se sentiria bem se juntando a elas, no meio daquela gritaria idiota de gente em bando. A cada passo do professor junta-se mais barro nas solas e ele se equilibra incerto, como em pernas de pau. E há uma falta generalizada de pedras. Os muito ricos compram caminhões de pedras para suas fachadas, mas também essas se emporcalham.

Finalmente ele chega à avenida, raspando os pés no asfalto, largando tocos de barro, e segue rápido à banca de revistas, que desta vez não fechou para o almoço. Não é exatamente uma banca, mas uma acanhada loja de armarinho que por acaso vende números atrasados de revistas e jornais — e lá estava, no banquinho de sempre, a Maria Louca, acenando para ele, torta e tartamuda, sorridente e burra, feliz por encontrar o freguês amigo e lhe entregar o jornal de São Paulo, razoavelmente novo. Ela ria, ele dava o dinheiro, ela ia tonta até o balcão, pegava o troco com o pai, entregava-o ao professor, aceitava o carinho desajeitado nos cabelos e voltava ao banquinho para cair de novo no insondável silêncio.

A essa altura, nosso amigo sentirá fome. Ele desce a avenida, eventualmente cumprimentando aqui e ali, até o Snooker Bar, com a enorme televisão pendurada no teto, imagens fantasmagóricas, em volume sempre acima do normal, mais o barulho das bolas de bilhar e exclamações respectivas, e, do outro lado, as mesinhas de fórmica. Ele vai lá para o fundo, na última, de costas para a parede e de olho no jornal, devorando pedaços de velhas notícias, até que o dono do bar lhe traga o prato de sempre: bife, ovo frito, arroz, feijão, batatas, duas folhas de alface e três rodelas de tomate. O professor é um homem magro — de fato, seco, de uma secura esticada, se vocês entendem —, mas come bem. Bem e rápido: come olhando o jornal, como quem considera o ato de comer uma perda de tempo. Há pessoas assim. Daí por que ele gosta do Snooker Bar: é despachado (ainda que às vezes o bife venha frio), é familiar (o dono já o conhece; nenhuma investigação prévia, nenhuma desconfiança tática, nenhuma má vontade ou excesso de boa vontade; nenhuma pergunta, principalmente) e é prático (lá está o dono abrindo a gaveta do balcão e anotando mais um almoço, que será pago ao final do mês). Levaria muito tempo até ele conquistar essa intimidade ideal em outro restaurante: assim ficava por ali mesmo, que era, aliás, seu único *espaço social*, por assim dizer.

Terminada a refeição, meu amigo fumará o primeiro cigarro do dia. Ele jamais fumaria em sala de aula (talvez por desconfiar de que, fatalmente, trocaria o cigarro pelo giz), e talvez fumasse na sala dos professores (isso já aconteceu de modo desastrado, três vezes), mas pela manhã ele está normalmente indisposto. Melhor: *profundamente* indisposto, e uma tragada assim é sempre azeda. Mas logo depois do almoço era sempre um bom momento. Vejam: pouquíssimas pessoas são capazes de tragar com tamanho prazer. Há até um toque de fúria naquela aspirada que pretende acabar com o cigarro de um único golpe; mas o sopro — que alívio! que delícia! Observem como ele se recosta, como fecha os olhos, como sonha! Fumar assim nem chega a ser um vício!

Brevemente entontecido, ele sai para a rua depois de um aceno discreto ao proprietário (cujo nome ainda não conseguiu decorar ao longo dos anos, alguma coisa entre Durval e Nerval), sente o sol forte, praticamente vendo o vapor subir do barro, abaixa a cabeça e assim avança, rápido, obtuso, em linhas retas e cegas, em direção à sua casa.

Há uma boa razão para ele quase nunca olhar para os lados, ou para a frente, ou para trás: a cidade é horrível. Não só pelo barro vermelho, que de um jeito ou outro emporcalha tudo, por dentro e por fora, na lama ou no pó, mas por não ser exatamente uma cidade: é antes uma parada de ônibus com dez ou quinze anos de idade que de repente inchou, amontoando casas e prédios e fachadas sem história, gosto, cor ou arquitetura. Uma provisoriedade desesperada, deselegante e grossa, aqui e ali ostensiva, às vezes se fazendo em castelos de mármore, plástico, fórmica e anões de jardim; ou num chafariz entupido; ou numa estação rodoviária despejando miseráveis, uma pobreza fétida, mais suja ainda, de sacos e filhos e galinhas à mão; ou na quermesse do padre; ou nos dentes de ouro; ou... Não: meu amigo, que é delicado, não poderia olhar para nada disso. Melhor correr para casa, à luz do sol e debaixo de um céu verdadeiramente monumental — aquele azul, sim, dava gosto, e só ele.

O local em que ele vivia também era incompleto. Sobre quatro paredes brutas nascidas à beira da rua erguia-se um segundo andar imprevisto, com uma escada nua de concreto, inventada por fora, como último recurso, atravessando uma janela inferior — e não há corrimão. De modo que, junto com a escada, sobem as marcas de mãos medrosas na parede originalmente branca, até a porta lá em cima. Naquele patamar incerto, nosso amigo vasculha o bolso com a mão direita (enquanto a esquerda sustenta o material da escola e o jornal) — de longe é um pêndulo ao contrário —, encontra a chave e entra no apartamento.

Bem, é um espaço que *potencialmente* pode ser chamado de apartamento. O proprietário — motorista autônomo que vive levando soja a Paranaguá — foi erguendo seu castelo como pôde. Pelo menos o térreo, onde estão a mulher e os filhos, já é perfeitamente habitável, até luxuoso, digamos, de acordo com alguma escala de valores mais tolerante. Quanto ao andar de cima — bem, foi o próprio professor que insistiu em alugá-lo, do jeito que estava mesmo: um retângulo 8x6 com um banheiro num canto e uma pia de cozinha em outro. Assim aberto, o local poderia até ser considerado um espaço moderno, que permite decoração múltipla e intercambiável, *funcional*, como esses que aparecem nas revistas, ideais para executivos solteiros; o problema eram as janelas, tão acanhadas para aqueles paredões livres, uma de alumínio, outra de ferro, outra de madeira; o problema seriam as cores berrantes, um lado azul, outro verde, outro... mas absolutamente nada disso incomodava o professor. Ele largou as coisas na escrivaninha, foi ao banheiro, escovou os dentes, lavou o rosto, enxugou-se e ficou algum tempo se olhando no espelho, com uma atenção com que não olharia nenhuma outra coisa desse mundo. Um olhar a um tempo concentrado e neutro, que não pretende chegar a lugar nenhum e nem concluir nada. Recordou: *Toda compreensão súbita é finalmente a revelação de uma aguda incompreensão.*

Livrou-se da própria face e sentou-se à escrivaninha. Este era sempre um bom momento. Pela janela quadrada via os caminhões no asfalto; então punha as mãos na nuca e reclinava-se até que o asfalto desaparecesse e o azul tomasse conta da moldura; sustentava alguns segundos o azul, para se acostumar com ele; daí avançava cuidadosamente a cabeça, e uma faixa de verde, um verde longínquo, apoiava o céu. O azul monumental sobre aquela réstia de verde, esse o quadro que um dia ele ainda iria pintar; uma imitação brutal da natureza, tão brutal que se tornava outra coisa. Recuando ou avançando o corpo, ele testava os volumes do quadro até desenhar o perfeito equilíbrio, *o ponto ótimo.* Digamos: 87 por cento de azul para 13 por cento de verde. Ele também testava outras combinações, mas todos os jogos desembocariam ali. Às vezes começava do pior, cabeça bem à frente, asfalto, antenas, casas, homens, barro, uma grosseria desordenada — e cultivava o prazer do retorno, polegada a polegada, até retomar o equilíbrio do seu ponto ótimo.

Pacificado com o reencontro, meu amigo abriria, digamos, Clarice Lispector, ao acaso, mas com devoção. Assim: *Pois o que eu estava vendo era ainda anterior ao humano.* Lia em voz baixa, sussurrante, apreendendo a essência que advém da magia mesma da repetição. Às vezes isso tomava algumas horas; às vezes, como hoje, não mais de alguns minutos. Fechou o livro, e, para conter o que lhe parecia excesso de ansiedade, procurou de novo o ponto ótimo: lá estava ele, agora invadido por um chumaço de nuvem. As nuvens exigiam alguma perícia adicional: mover a cabeça, para a esquerda, para a direita, até que os volumes se ordenassem pacificamente na moldura, o que não era fácil — o equilíbrio resultava sempre instável. Mas, uma vez satisfeito com o resultado, abriu a última gaveta e tirou a velha pasta vermelha recheada de folhas azuis, fininhas, uma face lisa e outra áspera, que ele vinha preenchendo com sua letra miúda já há quase cinco anos.

Faltava pouco; a última página! Na verdade, faltava *suprimir* alguma coisa, não acrescentar. O difícil não é escrever; o difícil é cortar! Leu em voz alta as cinco últimas frases, leu de novo, e de novo — havia alguma coisa demais ali. Acendeu um cigarro, recostou-se, vislumbrou um ponto ótimo sem prestar atenção, ponderando se deveria consultar o I-Ching. O Oráculo decidiria. Não. Preferiu ler de novo. A quarta frase estragava tudo, descobria: uma aliteração insidiosa de *esses* e *pês* destroçava o texto. Riscou o período inteiro e releu o conjunto restante. Fechou os olhos. Bonito. Bonito e sonoro. Bonito, sonoro e *verdadeiro*. Ele estava ali, como não conseguia estar em nenhum outro espaço da vida. Quase cinco anos! Folheou carinhosamente as folhas manuscritas — datilografadas dariam umas cento e tantas páginas em espaço dois — e sorriu, numa contida emoção. Eram apenas duas horas da tarde, mas a tentação foi insuportável: avançou para a garrafa de Black & White e esvaziou um copo, sem gelo mesmo. Era inútil, ele sabia, mas mesmo assim devolveu a garrafa à prateleira, junto com as outras. Voltou à escrivaninha, equilibrou duas nuvens no ponto ótimo e contemplou-se, manuscrito, na última página.

Um momento doloroso: faltava assinar. Quase escreveu, de uma vez: *Josilei Maria Matôzo*. Nosso amigo é dessas pessoas que detestam o próprio nome — não são tão raras assim. No caso dele, não só o nome, mas a própria grafia, que lhe parecia um atentado à profissão de professor de língua portuguesa. Às vezes, conseguia brincar, dizendo a si mesmo que seria morto pelo nome, como o colocador de pronomes que morreu fulminado por uma ênclise. Uma vaidade, dizia ele a ele mesmo, acendendo outro cigarro e controlando o desejo de olhar para as garrafas da prateleira, uma vaidade ridícula, mas o nome escrito é um texto. E como tal será lido. E como tal será julgado.

Foi inútil guardar a garrafa, conforme já sabia. Levantou-se e avançou contra ela novamente, para encher outro copo, desta vez com gelo. Mas nem deu tempo ao gelo: esvaziou o copo de um gole e encheu-o de novo, para repetir a mesma providência teimosa de guardar o uísque junto com os outros. Procurou de novo o ponto ótimo, já num crescendo de excitação, e súbito decidiu: *J. Mattoso*. Não exatamente um pseudônimo; ele diria que se tratava de um *aprimoramento*. Um nome sólido e digno, discreto e respeitável. Fumou o cigarro até o fim, contemplando a janela que agora se enchia de nuvens.

Faltava ainda um último detalhe para ele se sentir perfeitamente bem, para que aquele trabalho de formiga ao longo de cinco anos, palavra a palavra, se resolvesse, como síntese, em alguma coisa semelhante à *felicidade*, um nome que ele imediatamente descartou, sacudindo a cabeça —

não era bem isso, ou isso que não era nada; se resolvesse numa sensação de *plenitude* — não, também não! Nada rotundo, nada imponente! Uma sensação *tranquila* (ainda que momentânea). Tranquila. Não era exatamente isso, mas era razoável. O suspiro de um trabalho bem-feito, mas não era um trabalho qualquer (uma aula, por exemplo). Acendeu outro cigarro: um trabalho *único*! Um trabalho que só existe porque ele, Mattoso, existe; um trabalho que *é* ele. Isto, assim: o único objeto do mundo inteiro que era ele, muito mais intensa e perfeitamente que o próprio ser físico que o produzira, aquele Matôzo desconjuntado com os pés de barro abrindo mais uma vez a garrafa atrás do último detalhe: o título.

Voltou à cadeira e não mais achou o ponto ótimo, nuvens de um lado a outro, em câmara lenta, monótonas. Súbito, arrancou o volume sebento do I-Ching debaixo de uma pilha de gramáticas e abriu ao acaso. Disse o Oráculo: 57. *SUN / A SUAVIDADE (O PENETRANTE, VENTO).* Pulou linhas. *Na natureza, é o vento que dispersa as nuvens acumuladas e deixa o céu claro e sereno.* Adiante: *A SUAVIDADE. Sucesso através do que é pequeno.* Outro copo, outro cigarro, um caminhar agoniado na jaula cheia de pequenos monstros. Antevendo um gozo secretíssimo, voltou ao Livro em olhares rápidos, temendo que alguma palavra avulsa, de mau jeito, desfizesse o encanto que se armava. *A SUAVIDADE significa curvar-se.* Adiante: *A SUAVIDADE permite avaliar as coisas e permanecer oculto.* Adiante: *O suave penetrar torna o caráter capaz de influenciar o mundo externo e de ganhar controle sobre ele. Pois desse modo se pode compreender as coisas em sua essência, sem precisar se pôr em evidência.*

Fechou abrupto o Livro, receando dispersar o instante único que vivia. Abriu sôfrego o manuscrito e escreveu: *A SUAVIDADE DO VENTO*. Agora sim, sorriu deliciadamente. Melhor: sorria deliciadamente enquanto punha mais gelo no copo e esvaziava a garrafa de Black & White, que desta vez foi para baixo da pia ao lado de dezenas de outras.

A raridade da sensação, da boa sensação, não era tanto pelo livro finalmente completo, mas pela revelação do Oráculo, de espantosa simplicidade. *A suavidade do vento*. Eis aí J. Mattoso: a suavidade do vento. *Curvar-se para o suave penetrar*. Não era um livro: era um homem que se revelava. Sim, a força não estava nele; a força estava naquela cidade, naquele barro, naquele espaço físico, na brutalidade daqueles seres que atravancavam as ruas e a ele mesmo. Tudo era Monumental em volta dele. Ele, Matozo, não era nada. Aquele vilarejo de barro poderia acabar com ele numa só cuspida. Todos e qualquer um poderiam acabar com ele, do diretor do colégio ao dono do bar. Todos. Até mesmo a aluna mais horrenda teria crédito para denunciar que ele, professor Matozo, tentou violentá-la na saída das aulas, e o mundo inteiro acreditaria nela. Isso era Força!

Passou os dedos pelas garrafas novas e escolheu o Dimple, desta vez. Um gole longo, prazeroso, uma espera sorridente, a contemplação pacífica de todas as acusações terríveis da Força — porque, graças à revelação do Oráculo, nada mais teria efeito contra ele.

Ele era a suavidade do vento. Permanecer oculto, sussurrante. *A minha força está neles — é entre eles que eu passo, suavemente, com a grandeza tranquila da minha voz interior. Não o confronto: a suavidade.*

Voltou à escrivaninha, esquecido do ponto ótimo — já estava nele! —, e folheou, página a página, a sua obra manuscrita. Em seguida, foi ao aparelho de som e colocou o disco de Pink Floyd, com vacas metafísicas na capa, que por uma sucessão de azares encontrou-se à venda na lojinha das revistas, esvaziou mais um copo, fumou mais um cigarro, deitou-se na cama e dormiu com o jornal na mão.

J. Mattoso ficou protegido na última gaveta; quem desceu a escada foi Josilei Matozo, sem sequer usar a mão para se apoiar na parede. Mas ele não cairá. Matozo é um bêbado sólido, que mesmo à derradeira dose, a do desespero, mantém digno o prumo, ainda que incerto, dos capitães de navio em meio à borrasca. Para tal *treinamento*, digamos assim, serviu a proximidade com o Paraguai, onde se abastece dos mais finos uísques do mundo, já separado o joio do trigo pelos anos de experiência com lojas e contrabandistas. Pelo menos estritamente nesse sentido, é um homem de sorte: quis a Providência que naqueles anos uma garrafa de Ballantinès custasse pouco mais que uma cachaça brasileira. Mesmo assim, Matozo vive endividado, o que é surpreendente: toda a sua aventura existencial se reparte entre as páginas de *A suavidade do vento*, os goles de uísque (normalmente depois das seis), a correção meticulosa dos exercícios gramaticais de suas alunas, o jogo de general no Snooker Bar e... o que mais? Ah, uma ou outra escapada — raríssima — ao Casino Acaray, em

Puerto Stroessner. Bem, Matozo obviamente ganha pouco, e menos ainda por ser professor de meio período. Parece satisfeito assim, franciscano — como se a falta de ambição se devesse mais a uma nobre preguiça que à falta de oportunidade. Entretanto, esse despojamento não passa despercebido: jamais foi convidado para o Rotary ou para o Lyons, o que (é claro) o tranquiliza.

O sono foi suficiente para purgar o uísque extraordinário daquela tarde especial em que ele encerrava sua obra e descobria, graças ao Oráculo, sua identidade secreta. Assim, quando chegou à calçada, sobressaltou-se com a própria imagem — o hálito precoce de bebida, já às seis da tarde de um dia de semana, mais o cabelo desarranjado e a face dormida —, justo quando esbarrava nos olhos de Bernadete, sua ex-aluna, que no mesmo instante segurou ternamente suas mãos medrosas e deu-lhe três beijinhos molhados:

— Professor! Tudo bem?

Ele sorriu sem respirar, a suavidade desmoronada.

— Que bom que eu lhe encontrei! Vou dar uma festinha sábado lá em casa. O senhor vai?! Vai toda a turma do ano passado. Ah... diga que vai, professor!

A perspectiva era horrorosa, e ela não largava as mãos dele nem desviava os olhinhos negros e brilhantes dos olhos macerados do professor. Ele concordou num quase sorriso:

— É claro que vou.

— Que bom! Às oito!

Mais três beijinhos molhados (eu diria: *safados*) e lá se foi Bernadete, atravessando a rua em direção ao Boliche. Só então Matozo passou a mão no rosto, sentindo ainda os lábios da aluna e suando frio: uma festa. Cabeça baixa, conferindo os mapas do barro agora seco da rua, avançou para a avenida sob uma nuvem de pó vermelho levantada por um Toyota. Na esquina, alguns jovens sem camisa jogavam sacos de cimento para a carroceria aberta de um caminhão, em movimentos e gritos ritmados. Matozo parou — as costas nuas, incrivelmente brancas, de um branco suado, reverberante na luz do entardecer, um Portinari em negativo — e contemplou a cena, acompanhando os filetes de suor e pó que desciam pelos músculos em trilhas e brilhos súbitos. Deteve-se nas caretas brutas e felizes do esforço, nos topetes amarelos, nas inclinações dos lombos, como quem, sonado, descobre um instantâneo ponto ótimo — até que, na imobilidade e no silêncio súbitos, um deles passou a mão suja no rosto suado, atravessando-o com uma mancha cinza, e encarou Matozo, à espera de uma pergunta, de alguma coisa que fizesse sentido naquele olhar atento. Matozo demorou a lembrar as regras do espaço público — e gaguejou em desconcerto:

— É peso, hein?

Gargalhadas — e o mundo retornava à solidez:

— Pra caralho!

Como demonstração, arremessaram outro saco, o arremesso mais perfeito e grácil de todos. Meu amigo mergulhou na vergonha (falta de ar, de chão) e virou tão abrupto a cabeça que o nervo rasgou o pescoço em diagonal. Seguiu incômodo adiante, experimentando a cabeça sobre o corpo, feito boneco que perdeu o encaixe de apoio. Assim, lastimável, entrou no Snooker Bar. Há alguns seres no balcão acompanhando as imagens duplas, em preto e branco, da tevê, enquanto bebem cachaça. Mão massageando o pescoço arruinado, Matozo gira o olhar, lento, atrás de sua turma, mas não chegou ninguém ainda. Turma? Bem, os companheiros do general de todas as noites. Acomoda-se à mesa de sempre (não a do almoço, mas a do jogo, próxima à porta), pede três coxinhas, uma dose (dupla), recebendo também o copinho de couro com os dados e o bloco de anotações. Continua tentando ajeitar o pescoço — o nervo parece que agora se dividia em dois, avançando pelo braço (*Torcicolo!*, antecipou-se a um curioso impressionado com as torções) — até levar um tapa nas costas:

— Começou cedo hoje, hein? Sabe da última? — Era o Gordo, da loja de ferragens, que puxou bufando uma cadeira, sentou-se, e, mão no peito, esperou o coração ceder.

— Calor filho da puta.

— Mas qual é a última?

A cerveja chegou em seguida, o Gordo conferiu o rótulo e a temperatura, encheu o copo, esvaziou-o em quatro goladas, limpou o rosto com um lenço sujo e suspirou.

— Diz que a hidrelétrica vai sair mesmo. Os argentinos estão abrindo as pernas Vai encher toda essa merda de água

Apertando o nervo com as pontas dos ·dedos, cabeça torta, Matozo via a água subindo pela avenida, palmo a palmo, até o dilúvio final, a população tentando escapar em esgares sufocados, pés presos no barro, milhares de mortos boiando em direção das pás da usina. Uma imagem silenciosa; o Gordo não entenderia a piada

— Mas a água chega aqui?

— Aqui não. Mas vai ser aqui que o dinheiro vai rolar. E é muita grana! — Virou-se para o dono do bar: — Confere aí meu bicho, joguei cem paus no invertido. — Papelzinho à mão, desanimou. — Não deu nada. — Rasgou a aposta e jogou os picotes no chão. — Uma vez ganhei três mil de uma bolada só. Sonhei com touro, não deu outra. Na cabeça. Você nunca joga?

— Não entendo nada de bicho.

(Por que não começam logo o general, só os dois mesmo?)

A gargalhada gorda, a mão sacudindo carinhosamente o ombro de Matozo:

— Você entende é das menininhas do colégio, ah ah! Cada tesãozinho, uh! Como é que você aguenta, fala aí, Matozo! — O falsete, os trejeitos: — Professor, como é essa lição aqui... ah ah!

Matozo secou o copo sentindo o raio descer pelo pescoço torto, pegando fogo, espraiando-se pelo braço esquerdo — um sinal doloroso ao... Durval? Noral?... pedindo outra dose. O Gordo ficou sério:

— Ainda bem que só tenho filho homem. Falar nisso, o filho da puta do Robson tacou fogo no quarto ontem. Filho é praga. — Súbito ao dono do bar: — Ô, Val, traz outra cerveja que essa aqui furou. E você, só de uísque, hein? Até que rende essas aulas que você dá!

Matozo sorriu, discreto; era preciso dizer alguma coisa, mas no momento mesmo em que abriu a boca desconfiou de que haveria um traço de superioridade em cada palavra que dissesse; ele nunca sabia o *tom exato* dos outros.

— Eu não entendo como vocês tomam essa cerveja...
aguada — acrescentou, sentindo um pequeno pânico —,
quando o uísque é tão barato.

— Não aqui nesse ladrão. Quanto é que está a dose? Você
perguntou? No fim da noite vem a paulada. Fora os erros de
conta. Um dia quase mandei ele tomar no cu. — Acrescentou
os detalhes, dedo a dedo: — Duas coxinhas, três cervejas,
uma coca, deu tanto, você veja! Que tal?

Matozo ergueu o queixo lentamente, sentindo rasgar
o nervo, e fez expressão severa — uma expressão, aliás,
completamente inadequada à voz:

— É foda.

O Gordo suspirou, satisfeito com a solidariedade. Observem agora esse breve silêncio, em que cada um deles
pensa no próximo assunto. É visível a afeição que o Gordo
sente pelo professor, uma afeição, por assim dizer, gratui-
ta. O Gordo quer, de algum modo, *ajudar* Matozo, como
se a simples intenção lhe desse algum poder sobre aquela
inexplicável figura que prefere o boteco dos vagabundos a
conviver com seus pares — todos pobres, é verdade, mas
de algum prestígio. Bem, não havia muito a fazer além dos
tapas nas costas, das gargalhadas e do jogo de general,
porque o professor, ano a ano, afunilava-se mais e mais no
silêncio, na miséria e no secreto escárnio. Mas não custava
nada aconselhar. Mais ou menos assim:

— Falando sério, Matozo.

Era a senha. Nesses momentos, não olhava para Matozo,
mas para o meio da rua, balançando a cabeça no esforço
envergonhado de não parecer ridículo ao tatear uma esfera
mais *sábia* de preocupações, ele mesmo arriscaria dizer

filosófica, uma esfera que tinha algum parentesco eventual com discursos no Rotary, missa de sétimo dia, casamento de um filho, em que brotava uma emoção honesta e sincera, ainda que fugaz e intraduzível — se verbalizada, fatalmente se reduzia a um doloroso clichê:

— Você é sozinho no mundo e precisa se cuidar, Matozo. O futuro, é o que sempre digo, o futuro. Agora você está aí, com saúde, enchendo os cornos. E amanhã? Precisa fazer um pé-de-meia, pô. Você... bem, nem falo mais. Não sou padre pra ficar dando conselho a marmanjo. Foda-se!

Matozo massageava o pescoço com fúria masoquista, curtindo as pequenas faíscas e explosões de dor na sequência dos dedos. Resolveu falar, agressivamente inadequado — para onde ia a suavidade do vento?

— Vou embora daqui. — Quase disse *Pasárgada*, mas mordeu a língua a tempo.

O Gordo irritou-se, enchendo outro copo:

— Para onde? Você não tem onde cair morto!

A boca contorcida, a dor, o pescoço inchado:

— Pra Curitiba, São Paulo, sei lá.

Agora a gargalhada:

— Mas é um idiota! Tem que se foder mesmo! — Um argumento verdadeiro, cristalino, cabeça à frente, dedos convincentes em ramalhete, o óbvio mais absoluto: — Você não vê que o futuro está aqui? Isso aqui vai crescer, carradas de dinheiro! Compra um terreno aqui, outro ali, revende adiante...

O nervo súbito repuxou a cabeça para a esquerda.

— E sem falar que vida em cidade pequena é muito melhor, mais tranquila, todo mundo é amigo, se ajuda, aqui você é alguém! Vai! Vai lá pra São Paulo e vê se aguenta dois dias. Vai lá!

Talvez Matozo não estivesse gostando da conversa, assim, estrangulando o pescoço com as próprias mãos. Que se danasse, também! — e o Gordo reclinou-se, sentido, suspirando, a senha do encerramento da preleção:

— Não me leve a mal, Matozo. Falo isso porque a gente já se conhece faz anos, de amigo pra amigo. Bem, você é maior de idade e vacinado. — Mas não se conformava, rodando o copo na mesa. Tentou uma última arremetida, será que não entrava nada naquela cabeça? Será que ele não percebia que estava se transformando na piada da cidade inteira? — Só me diga uma coisa, Matozo: o que você tem feito todos esses anos?

— Escrevi um livro — deixou escapar Matozo, sentindo imediatamente o chão fugir dos pés e a agulha se enterrando no pescoço.

— Falo do dinheiro! O que você tem feito do dinheiro? Quanto você ganha por mês? Mil? Dois mil?

— Já começaram o general? Sacanagem!

Era o Galo, que se espantou com Matozo:

— O que você tem no pescoço? Parece galinha tonta!

Um alívio mudar de assunto.

— Um torcicolo que...

— Torcicolo quase peguei eu hoje. Sabe pra quanto foi o saco de cimento?

Ele estava construindo. Matozo aproveitou a deixa e avançou sorrateiro até o balcão, onde pediu três aspirinas. Ao lado, um peão negro, sorridente e suado fez-lhe um brinde com o copo de cachaça. Da sala de bilhar ergueu-

-se uma discussão agressiva. Engoliu os comprimidos um a um, contemplando a fileira de caminhões que subiam lentos a avenida: pó e gás carbônico suspensos no bar. Bebeu outro copo d'água — a última aspirina entalara-se na garganta — e tentou controlar a vertigem inventando uma regra: todos os espaços têm um ponto ótimo, a arte é descobri-lo. *Suavemente.* Esse início perigoso de comoção era o álcool que detonava, ele sabia. Não se entregar, resistir sempre, preservar-se íntegro no casulo. *Suavemente.* A Força está na mesa, não nele. Assim: não queira ser outra coisa, você já é o bastante para uma vida inteira. Matozo olha os amigos: são seres inteiriços, brutos, mas completos. E reza para si mesmo: você também pode ser assim. Não; você é assim. Siga adiante. *Suavemente.*

— Então, professor! Vem ou não vem?

O Gordo chocalhava os dados no copinho vendo o Galo rascunhar a planta da casa num papel avulso — *a cozinha é aqui, e esse que é o pepino do encanamento* —, uma aluna acenou da calçada, ele esqueceu de responder, divagando que as coisas melhoravam aqui no balcão: o livro pronto, ele poderia passar dois ou três meses datilografando os textos, carinhosamente, página a página. Depois, publicaria a obra. Isso. Voltou à mesa, o Galo passou o bloco:

— Você anota os pontos. Vê se faz alguma coisa além de beber, dormir e tocar punheta.

Matozo participou da risada, planejando limpar com álcool os tipos da máquina. O torcicolo se acalmava, talvez preparando novo bote, mas não agora: agora Matozo estava publicando o livro na gráfica do Estêvão, uma bonita e discreta edição caseira, com um lançamento na...

BLUM BLUM BLUM BLUM PRACT!

— Doze no quatro, dois no um, ou fula?

O Gordo raciocinava.

— Doze no quatro.

BLUM BLUM BLUM BLUM PRACT!

Gráfica do Estêvão coisa nenhuma! O livro sairia por uma editora de Curitiba, capa em quatro cores, papel cuchê, cinco mil exemplares em todo o estado. A televisão viria entrevistá-lo. Talvez o encontrasse aqui mesmo no Snooker Bar, jogando general. *Sou assim mesmo, um homem simples. Devo minha arte a esta cidade nova, que me acolheu como filho. Esse é o meu mundo: minhas alunas, meus amigos, o barro promissor desta terra.* Algo ridículo, é fato, mas eles iriam gostar. Ah, que importância tem o que se diz depois que o livro está pronto? Diria qualquer coisa, sem agredir ninguém.

— Joga, Matozo! Não são nem oito horas e já ficou bêbado?

BLUM BLUM BLUM BLUM PRACT!

— General! Não não não! Quero trinta no seis.

Anotou no bloco. *Gordo, velho amigo: talvez agora você compreenda os ventos da minha vida. Um abraço carinhoso do... Não. Um abraço afetuoso do... Não. Um forte abraço do Matozo.*

— Mas não é só o tijolo. Ontem mesmo recebi da loja uma partida de dobradiças que até eu me espantei. Você vai fazer janela de alumínio? Alumínio é melhor buscar na Foz. Aqui te arrancam as calças. Mas se quiser de ferro eu tenho um par lá, ponta de estoque, com preço bom.

— Amanhã eu dou uma olhada

Talvez dividisse o livro em duas partes. Vontade súbita de voltar à escrivaninha.

— Quem tomou direitinho na bunda foi o Chico, do hospital. Puseram tijolo picado no concreto da laje e aquela merda caiu. Rachou em dois a cabeça do pedreiro.

BLUM BLUM BLUM BLUM PRACT!

— General!

O Galo espichou os olhos para os dados:

— Mas o Matozo hoje está com o rabo pra lua!

Dedicaria a alguém? Não, ninguém. Um breve orgulho: como ele tinha chegado até aquela mesa, mais de trinta anos depois de nascido? Com a suavidade do vento. Um homem lanhado, esticado, seco. Tão profundamente incapaz de tudo! Tão essencialmente inepto! Mas agora — e ele era novo, muito novo ainda! —, mas agora descobria sua grandeza, sua marca de grandeza na face da Terra. *Na face da Terra.* Uma imagem definitiva.

— Vinte no cinco.

— Aquele incêndio na prefeitura foi armação, todo mundo sabe. Mas parece que fizeram a coisa muito malfeita. O homem que resolva agora, foi ele que botou o cara lá.

Pediu outra dose, dupla, tentando resolver a breve mancha da memória: tinha sido estúpido com Bernadete. Uma boa menina. É claro que iria à festa. Contaria a ela, só a ela, que o livro estava pronto. *Aposto que você nunca imaginou que eu pudesse escrever um livro.* O sorriso bonito da Bernadete. *Eu pensava que o senhor escrevia gramáticas, com todas aquelas regrinhas. Quero ser a primeira a comprar o livro. Tão bonito o título! "A suavidade do vento".* Ele diria: *Comprar nada. Você vai ganhar um de presente. Só não conte pra ninguém, senão ninguém compra.* Que mesquinho! Ela que contasse pra quem quisesse.

O tapa nas costas:

— Acorda, Matozo!

— É que ele já chegou bêbado hoje.

BLUM BLUM BLUM BLUM PRACT!

O torcicolo, adormecido pela aspirina, deu ainda uma estrebuchada curta mas furiosa quando os olhos de Matozo encontraram a figura de Estêvão, entrando no bar com jeito de quem vai sair em seguida, como sempre; no rosto a ironia mascarada de quem não pertence exatamente àquele mundo menor (suponho que o frequentasse unicamente por ambição política). Os olhos se encontraram com a tensão bem adestrada dos rivais secretos, esses que passam a vida inteira se medindo em silêncio, palmo a palmo, vivendo a desconfiança azeda de que o outro seja melhor — nada concreto, nada específico; abstratamente melhor, metafisicamente melhor. É uma guerra difícil, cuja decisão, quando existe, se dá sempre por pontos, centímetros, segundos — e restará sempre o temor agoniado de que não se reconheça a vitória, de que se ranjam os dentes cochichando fraude.

— Como vai o nosso Napoleão Mendes de Almeida?

— Com o cu pra lua — irritou-se o Galo, arrancando o copinho das mãos do Gordo. A irritação tinha fundamento: Matozo acabava de ganhar pela terceira vez consecutiva.

Mas o Gordo prestava atenção em Estêvão, antegozando algum segredo:

— Napoleão o quê? Essa não peguei.

Desta vez havia sido um gramático. O gênero dos citados variava: Álvares de Azevedo, Marechal Rondon, São Francisco de Assis e até Rui Barbosa, quando o sarcasmo, demasiado visível, incomodou o próprio Estêvão — ele sabia, e sabia que Matozo sabia, que assim, estúpido, perderia a guerra. Às vezes a citação era avessa, como quem previne: — *Só não vá se transformar no Jean Genet da aldeia!* (Matozo riu junto, se perguntando quem seria Jean Genet; quando descobriu, ficou entrevado, com dores na coluna, sem conseguir amarrar o cordão do sapato, e por muito pouco não aceita o conselho do médico de operar uma vértebra.) Tudo isso porque, há alguns anos, num momento idiota de entusiasmo, bêbado em fim de noite, confessou a Estêvão que escrevia algumas coisas. Muito pior ainda: leu um trecho em voz alta. Foi o fim. Nem as repetidas e irritadas juras de que havia abandonado as Musas para sempre (*Como vão as Musas, Matozo?*) convenciam o amigo. Que, aliás, dez anos mais velho, já tinha currículo: um livrinho de sonetos (*Brincadeiras da faculdade!*), uma peça de teatro, participação numa antologia de contos, e um opúsculo de sucesso na região — *Entenda a lei do inquilinato* — impresso na própria gráfica. A par disso, cultivava alguma ambição política (*Foi só por isso que aceitei entrar para o Rotary, Matozo — aquilo é degradante!*) que resistiu à derrota para vereador em 1970, quando recebeu treze votos. Catorze, se a junta apuradora considerasse um "Tevo" mal desenhado. E seriam quinze, se o próprio Matozo tivesse votado nele, como garantiu na boca de urna, pouco antes de atravessar a cédula com um xis, com tanta força que quase rasga o papel. (*O MDB está só começando*, consolou-se Estêvão, depois de passar um mês longe da cidade, jurando nunca mais voltar àquela merda. *As bases querem que eu fique*, justificou-se a alguém mais tarde, queimando de vergonha ao perceber que Matozo havia escutado. Além disso, remendou erguendo a voz, *tenho compromissos comerciais inarredáveis*; estava implantando a gráfica.)

A segunda etapa do encontro, Matozo já sabia simulando somas no bloco do general, seria suavizar a agressão do cumprimento. Por exemplo:

— Napoleão Mendes de Almeida, um grande gramático. — Então puxava a cadeira, sentava-se ao lado de Matozo, passava o braço em torno de seus ombros e esmagava-o com carinho: — Grande Matozo! E daí? Tem escrito muito?

— Questões de prova. Responda: qual a diferença entre o adjunto adnominal e o complemento nominal?

Estêvão franziu a testa, subitamente sério: como era isso mesmo, estava na ponta da língua! O Galo estendeu papel e caneta:

— Escreve aí esse troço que eu passo pra minha sobrinha decorar. É tua aluna. Quantos pontos vale na prova?

Foi o gancho para Estêvão esquecer o desafio (de que certamente não sabia a resposta) e explodir uma gargalhada escarmenta:

— Você ouviu, Matozo? O povo aqui não perde tempo! Ah ah!

Havia uma sutil cumplicidade na risada comum, como a trégua de inimigos que se juntam momentânea e taticamente contra a horda de idiotas que habita o resto do mundo. Idiotas e canalhas, diria Estêvão, percebendo que, mesmo brincando, o Galo não brincava. O Gordo, este sim, só se divertia:

— Olha aí, Matozo. Vai ver você acaba de descobrir a mina de ouro: vender provas. O Estado paga uma ninharia, passar todo mundo passa no fim do ano, esse troço de gramática não serve mesmo para nada. Você fode com a turma no primeiro semestre e no segundo vende as provas. Eu até fico de intermediário, meio a meio. Que tal?

Risadas, brindes, outra cerveja, outra dose (dupla) e outro copo, que Estêvão conferiu contra a luz, atrás de sujeira. Matozo não ria, entretanto; sentiu a pontada, agora na coluna, sinal de alarme: da porta, algum conhecido (ex-aluno?) vigiava curioso a venda de provas. Por que aqueles imbecis não mudavam de assunto? E o Galo ria contrafeito: porra, tinha falado de brincadeira, que se fodam todos, vamos logo com esse jogo!

— Pois eu até vou entrar — condescendeu Estêvão, ajeitando-se na cadeira. (Preparando a terceira fase, avaliou Matozo, a da mão estendida; o professor lhe parecera demasiado seco.)

O Gordo encheu o copo de Estêvão, cobrando:

— Mas vê se dessa vez racha a despesa no final!

Estêvão tinha coisa mais séria a tratar:

— Fora de brincadeira, Matozo. Por que você não prepara um manual de gramática para o segundo grau, regras, macetes, crase, essas coisas? Eu banco na minha gráfica. Dá pra ganhar um bom dinheiro.

Matozo procurava o ponto ótimo das vértebras, erguendo o peito.

— Com tiragem de oitenta exemplares?

— Pensa grande, Matozo! Podemos distribuir em toda a região e... — e certamente fazendo um cálculo ligeiro, vendo Matozo de escola em escola oferecendo a obra (olhou para ele, imaginando a cena), desistiu imediatamente. Ou quase: — Bem, você é que sabe. É uma ideia a se pensar.

BLUM BLUM BLUM BLUM PRACT!

— Fula!

Estêvão ganhou a rodada, do que fez praça em gargalhadas um tanto ofensivas — mas tomando o cuidado de repartir a vitória com um Matozo cada vez mais tenso, tentando redescobrir o ponto ótimo que se esmagava entre duas vértebras.

— É isso aí, professor! — Sacudia-o, feliz, ansioso de marcar a superioridade de ambos naquele universo de bugres. — Hoje a noite é dos intelectuais!

O Galo explodiu numa cólera esganiçada e perplexa de criança:

— Mas eu não ganho uma, porra!

Talvez seja fome essa dor, tateou Matozo, pedindo meia dúzia de coxinhas — era preciso estar preparado para a última fase do encontro, quando Estêvão ofereceria espaço no jornal, para seus escritos e...

— Estive pensando, Matozo (não, obrigado, não como essas coxinhas daqui nem morto), estive pensando, agora que o jornal está se firmando, você poderia assinar regularmente uma coluna de crônicas, com textos livres. Até poesia seria válido. Ou então...

BLUM BLUM BLUM BLUM BLUM BLUM BLUM

O Gordo se irritava:

— Joga, Estêvão!

PRACT!

— Hum... Marca aí, dezoito no seis. Ou então uma coluna de serviço, respondendo questões gramaticais, dúvidas dos leitores. Todo mundo tem dúvida gramatical.

O Galo meteu os dados no copinho de couro, com raiva:

— Eu não tenho nenhuma. E nunca perdi o sono por causa disso.

BLUM PRACT!

E se o louco do Matozo resolvesse aceitar a ideia do livro?! O silêncio do professor seria o de quem pondera? Melhor não esperar:

— Pensando bem, Matozo: uma coluna gramatical seria muito mais útil e prática que um manual, com menos custos. E a gente poderia acertar um *pro labore* à medida que o jornal se profissionalize. Leva algum tempo, é claro. Quero ver se com o sistema de assinaturas que estou implantando logo chego aos mil exemplares por edição. O que você acha?

BLUM BLUM PRACT!

Ajeitando delicadamente a coluna e movendo brevíssimo o pescoço, Matozo sentiu renascer o ponto ótimo, e tinha a forma da suavidade do vento, o manuscrito fechado a chave na última gaveta. *Agora eu quero jogar general e só quero jogar general. Por que é tão difícil?*

— Então? O que você acha?

Olhavam para ele, à espera do lance.

BLUM BLUM BLUM BLUM PRACT!

— Prefiro fazer a página de horóscopo.

Um erro: o Gordo deu uma gargalhada, seguido pelo Galo, que parou de rir ao fazer as contas no bloco. Engasgou-se:

— Mas não é possível!

Matozo rezou: a força estava em Estêvão, não nele. Assim, melhor sorrir, buscando trégua: Estêvão parecia inexplicavelmente furioso. Tentou adequar a voz (desgraçadamente sem conseguir: toda palavra era falsa):

— Estêvão, o acaso é a força maior do universo. Precisamos de horóscopo, não de gramática. O que você acha?

O Gordo parou de rir: aquilo era qualquer coisa parecida com filosofia profunda. Pois ele não estava ganhando uma atrás da outra? Por quê? Por *acaso*? Mas Estêvão enfureceu-se:

— Conheço essa política, *professor*. É a do deixa como está pra ver como é que fica. O resultado é essa merda que está aí. — Teria falado demais, assim vermelho? Juntou os dados, jogou-os com raiva e levantou-se. — Perdi. Chega por hoje.

Sentia-se (não; *fazia-se*) magoado e ofendido. O vento não fora suficientemente suave: o pedantismo é cheio de pontas e engata nos outros como prego na roupa. Matozo, lívido, a pontada na coluna se misturando com um resto de torcicolo, desenhou num segundo o que Estêvão estaria pensando: que crédito, ou que *direito* tinha aquela insignificância para ironizar seu jornal? Que grandes obras produzia para fazer tanto cu-doce? Que cheiros sentia aquele nariz empinado? Para que servia aquele osso além de pisar no barro, comer pó e recitar análise sintática? E eu ainda pensando em ajudá-lo? em abrir espaço para ele? em integrá-lo à cidade? Ele que fique com essa corja miúda de boteco, falando besteira a noite inteira, que eu tenho mais o que fazer. *Página de horóscopo!* O filho da puta gozando de mim na frente de analfabetos!

A vértebra esmagada, não havia mais conserto. Estêvão já se afastava quando o Gordo fez questão:

— Hei! Você esqueceu de pagar a cerveja!

Ele voltou-se, jogou uma nota na mesa e saiu sem se despedir. Uma rede de nervos envolveu as costas de Matozo, contraindo-o dolorosamente. O Gordo ria:

— Pois não é que o homem não sabe perder? Ficou puto!

O Galo se espantava:

— E ele ainda ganhou a primeira. — Era profundamente injusto: — E eu, que não ganhei nem uma?!

Jogar mais general: o ponto ótimo desse instante.

— Eu começo — e o Galo abriu outra folha do bloco.

Aquela sucessão inverossímil de vitórias, contrariando a lógica estatística — sete vezes seguidas depois que Estêvão se foi —, ao mesmo tempo que irritava o Galo, uma irritação esganiçada e intolerante, intrigava o Gordo, passo a passo, vendo naquela sorte inexplicável do professor os eflúvios de um talento secreto em noite de lua, talvez sob a conjunção exata dos astros, coisas do horóscopo e do acaso, forças dominadas pelo próprio Matozo em seu proveito. Para alguma coisa deveria servir o professor; talvez aquele jeito de toco amarrado, apertando o pescoço de minuto a minuto como quem regula a concentração, escondesse um bruxo, alguém que domina os mistérios da sorte e do azar, que aliás controlam a vida inteira, não é assim?, perguntava-se o Gordo, já mais tranquilo que espantado, como quem descobre a chave. Quem sabe um médium, alguém que recebe espíritos? E concentrando-se nele, naqueles olhos distantes, naquele ar disfarçadamente superior, naquelas doses duplas que pareciam não fazer efeito, na fumaça de um cigarro atrás do outro, descobria que tudo fazia sentido, conforme as regras de uma lógica também alcoolizada, fluente e límpida. Na rodada seguinte — *Eu juro que essa é a última!*, repetiu o Galo —, o Gordo torceu secretamente por uma nova vitória de Matozo, que confirmasse suas suspeitas em definitivo.

Quanto a Matozo, depois de um tempo em relativa paz em que relia silenciosamente alguns trechos de *A suavidade do vento* e escolhia, pelo tato, as duzentas folhas de papel ofício na lojinha da Maria Louca (não; quatrocentas folhas, mais meia dúzia de papel-carbono para a segunda via), limpando os tipos da máquina com um pano embebido em álcool, entremeando a viagem com surtos de felicidade intensa mas discreta sob o som dos dados, em que falava e ouvia sem falar nem ouvir, o torcicolo em relativo repouso e a coluna em descanso — descobriu súbito que a sua sorte no jogo, de uma insistência desagradável e agressiva, enchia a noite de pontas, mais uma vez; agoniou-se com o rancor trêmulo do Galo ante o estúpido azar daqueles dados sempre errados na mesa, com o progressivo (irônico?) silêncio do Gordo a fitá-lo nos olhos, de modo que uma nuvem de eletricidade já impedia a felicidade simples da vitória. Sentindo de novo os nervos do pescoço despertarem das sombras para pinçá-lo em pequenos golpes, Matozo concentrou-se inteiro no jogo, para perder; rezava pela derrota sem suavidade alguma, enquanto um rosário de generais, quadras, fulas, sequências, sempre na ordem exata, ia enchendo sua folha do bloco de uma espantosa pontuação, a maior de todas da noite inteira, tão surpreendente que três curiosos bêbados se debruçavam sobre ele, certamente suspeitando de fraude, enquanto o Galo se calava, muito próximo de uma espécie irritadiça de choro — mas o Gordo, este sorria, olhos fixos nele, a teoria absolutamente comprovada agora, a cabeça balançando lenta, eis que se revelava o verdadeiro professor!

Em Matozo, nenhuma alegria (o que talvez irritasse mais ainda o Galo); antes, um espanto desenxabido, algo idiota, boca entreaberta, que se atrevia ainda por cima a um balbucio de desculpas:

— Eu não sei o que aconteceu.

O Galo explodiu:

— Ora, você vá gozar da tua mãe, porra!

Arremessou o copinho na mesa, dados voando no bar, numa cólera burra e exasperada, das que bufam e matam— e o Gordo jogou a cabeça para trás na mais deliciosa e solta gargalhada daquela noite, que se espalhou em volta. O Galo, bovino, esboçou um sorriso semelhante a uma careta de dor, agora sob o império da vergonha. Matozo ainda fez menção de juntar os dados, aliás recolhidos com presteza pelos bêbados do balcão; buscava uma palavra, tentou sorrir, sentiu as unhas dos nervos picando as vértebras — mais uma vez estragava a noite, o ponto ótimo destroçado. Pediu mais bebida — chamando o dono do bar de Aderval, o que provocou risos e uma dose mesquinha no copo —, sabendo que enfrentaria mais uma noite de insônia e que o jogo se desfazia em dor, e vivendo a ansiedade tosca dos que não conseguem jamais tocar um semelhante. Talvez o I-Ching desse a resposta, mas não teve ânimo de se levantar e se despedir. Todos já estavam demasiadamente bêbados para sentir desejo de ir embora, e demasiadamente derrotados para prosseguir o jogo; olhavam um para o outro, no lapso inútil de quem se pergunta depois de um pequeno fim: e agora?

Matozo testava os movimentos do pescoço: enquanto estivessem juntos haveria a possibilidade remota de comunhão; por que levar para casa o osso de uma briga? Curvar-se. O Galo rabiscava o bloco, cabeça baixa: além da vergonha da derrota, era também a figura mais ridícula da mesa, mais ridícula ainda que o desconjuntado professor Matozo — sensação tão densa e infeliz que o paralisava, alimentando de novo a semente da fúria: estava dolorosamente incompleto, e ninguém consegue dormir assim. Mas o Gordo não parava de sorrir:

— Tenho um plano pro resto de noite. Aproveitar a sorte de Matozo. Que tal um pulo no cassino?

O Galo arrepiou-se, feliz, conferindo imediatamente o dinheiro do bolso e pensando na mulher.

— Bem, se eu voltar agora apanho da patroa. Se eu voltar de manhã cedo ela dá graças a Deus que eu voltei.

(Na verdade, quem apanhava era a mulher, não ele; frequentemente descia sobranceira a avenida, filho no colo, o olho roxo, contando a gênese da desgraça a quem quisesse ouvir.)

— E você, Matozo? Que tal quebrar o Paraguai? O que diz o horóscopo?

Matozo já navegava de novo na suavidade do vento, graças à roleta: que grande ideia! Via-se pagando contas atrasadas, viajando para Curitiba, publicando o livro.

— O horóscopo aprova. — Só um senão: — Mas estou duro.

— Eu te empresto a grana.

Tirou do bolso um maço disforme e polpudo, e molhou os dedos na língua:

— Quanto você quer? Milão? Eu sei que você vai me pagar hoje mesmo.

O Galo sentiu angústia, como se o dinheiro fosse dele:

— Gordo, você está bêbado. Quem avisa amigo é.

Matozo vacilou com tanto estímulo: quase metade do salário empenhada no escuro e a lembrança incômoda de que no outro dia, sábado, tinha aula às sete e meia. Se o I-Ching estivesse à mão...

— E se eu perder tudo?

— Me paga depois. Se não pagar eu acabo com o teu nome na praça, ah ah! Pega aí, deixa de frescura!

Fecharam a conta e saíram eufóricos, para embarcar na Rural do Gordo, duas quadras acima. O Galo fazia cálculos seguros:

— Ora, se eu perdi no general a noite inteira, já gastei todo o meu azar. É lógico. Quem vai tomar na bunda é você, Matozo. O Gordo ficou louco em te emprestar dinheiro.

Matozo, surdo, redescobria as delícias do ponto ótimo, bêbado, relaxado e feliz. O Oráculo certamente lhe diria para não pensar em nada, sequer nas aulas do dia seguinte — tantos anos de bom comportamento, um professor exemplar! *Não pense. O vento sopra suave e você terminou sua obra.* Havia outro sinal do Oráculo; enquanto o Gordo abria o carro, um Galo inexplicável cochichou:

— Desculpe a grossura no bar, Matozo. Eu... fiquei nervoso.

Uma sensação tão boa que libertava: abraçou comovido o velho amigo que, rígido, apressou-se a abrir a porta e levantar o banco, já em outro tom:

— Você vai atrás, que bebeu muito.

Outra sensação boa: espichou-se no banco, fechou os olhos pesados, ouvindo o ronco da Rural, que fez a volta, desceu a avenida e entrou na rodovia em direção a Foz. O Gordo e o Galo viviam a alegria solta de quem momentaneamente se entrega ao acaso, mesmo sendo um acaso calculado como aquele — Libertação e Fortuna pela frente, um belo início bêbado de madrugada. Em poucos minutos o Galo começou a cantar cantigas obscenas, em meio a gargalhadas contagiantes. O Gordo fazia coro:

Os bailes da Vila Aurora
começam sempre à zero hora,
piroca dentro, piroca fora!

Gargalhadas, Rural acelerando, sobe morro, desce morro. O Galo voltava-se para o banco de trás:

— Como é, professor? Não entra no baile?

Mas Matozo dormia beatífico, sorriso suave nos lábios. Continuavam gargalhando:

As velhas jogam baralho,
as moças chupam caralho!

O Galo insistia:

— E daí, professor? Qual é a tua?

Matozo roncava. Provocavam:

— Você já viu ele com mulher?

O Gordo, sério:

— Nunca vi. Acho que o negócio dele é dar a bunda.

Gargalhadas. Definitivos:

— É veado.

— É veado.

Gargalhadas, Rural acelerando, curvas, subidas e descidas no asfalto deserto. O Galo afogava-se no riso:

— Ouviu, Matozo? Tão dizendo que você é veado. Eu não aguentava.

Risadas inúteis: dormindo, Matozo moveu lento a cabeça e voltou a roncar, um fio de baba escorrendo suave dos lábios.

Os bailes são de respeito,
uma mão na bunda, outra no peito!

Riso esgotado, no limite das lágrimas, o Gordo encostou a Rural para mijar.

— É hoje que minha mulher me capa.

O Galo não queria nem pensar no assunto:

— Eu já estou capado faz muito tempo. Que horas são?

Matozo só acordou com o farolete nos olhos, já no posto de fronteira da Polícia Federal.

— O que é isso?

— Presunto que nós vamos desovar no Paraguai.

O guarda sorriu, ligeiramente intrigado, vendo Matozo levantar a cabeça, estúpido de sono, sede e ressaca precoce, sem bússola nem critério — ao perceber onde estava, arrependeu-se de ter ido, o encanto em farelos; deveria estar na cama, descansando para as aulas da manhã seguinte e sonhando com a suavidade do vento. Falou por falar, do fundo de uma caverna:

— Já chegamos?

O guarda liberou-os com um sinal. O Galo estava feliz:

— Pessoal boa gente. Meu primo trabalha aí.

Atravessaram a Ponte da Amizade, subiram um pequeno morro numa curva em S e cruzaram o posto paraguaio, onde dois policiais liam revistas com os pés na mesa. Ao fundo, a fotografia tranquilizadora do General. Um bom mote para despertar o sono com piadas:

— Se acontecer um dilúvio no mundo, o Paraguai sobrevive, porque merda não afunda.

Riram.

— Diz que tem um monumento logo adiante. "Aqui jazem quarenta paraguaios mortos covardemente por um brasileiro."

Riram mais alto. Era território estrangeiro, o que provocava uma sensação gostosa de liberdade irresponsável, o gesto solto de quem é dono do mundo, um prazer que iria longe, não fosse a inexplicável fúria de Matozo, que decidiu finalmente levantar a cabeça tonta:

— Será que vocês não percebem? A Guerra do Paraguai foi uma matança estúpida financiada pela Inglaterra, em que nós entramos como bucha de canhão?

— Opa! O professor acordou brabo! Você viu, Galo? O homem preferia morar no Paraguai. Cheio de razão.

— É que estou com sede — arrependeu-se Matozo, vendo-se idiota em tentar argumentar qualquer coisa naquela noite. Respirou fundo. *A força está neles. Curvar-se para o suave penetrar.* Vendo as lojas efervescendo de bugigangas, turistas, camelôs e ônibus em meio ao barro, animou-se com a perspectiva de levar uma dúzia de garrafas de uísque com o dinheiro levantado no cassino, para aumentar o estoque de segurança.

O Galo ponderou, coçando a cabeça, num repente sério:

— Sabe que o Matozo tem razão? A gente fala de brincadeira, mas você sabia que no Paraguai não tem ladrão? É o código de honra deles. Até ladrão de galinha eles fuzilam. A coisa funciona. Se no Brasil fosse assim, a gente ia pra frente.

Matozo fechou os olhos refugiando-se desesperado na memória do livro. Acendeu um cigarro e sentiu uma tontura doce. A Rural avançava por uma alameda sombria, até desembocar no Casino Acaray, como quem desembarca num filme antigo, da arquitetura do prédio aos velhos carros estacionados e mais um bando de desocupados escondidos nas sombras. Não Rita Hayworth, mas a voz de uma gringa certamente oxigenada cantava um bolero, que da pista de dança chegava até os caça-níqueis e se misturava ao matraquear dos aparelhos.

Os três foram tomados instantaneamente de tensão, uma seriedade profissional e sem humor — aquilo valia dinheiro —, quando entraram no salão de jogos, desviando de curiosos, um ou outro bêbado de gravata e de crianças bem-vestidas correndo atrás de pais eufóricos ou irritados. Foram direto ao guichê comprar fichas e no momento mesmo em que Matozo recolheu sua pilha graúda viveu a antevisão cristalina da derrota — *Vou perder. Vou perder tudo.* O Gordo, voraz, conferia a quantidade razoável de fichas que recebeu, e o Galo titubeou; preferiu se satisfazer com meia dúzia, sentindo a dolorosa dúvida de uma vida inteira: *Arrisco?* Dali arremeteram para o balcão do bar, Matozo à frente, súbito um chefe, e justamente por isso desconfortável. Pediu uma coca, que esvaziou em goladas, e uma dose dupla. O conflito: seria justo avisá-los? Sim.

— Não me sigam. Vou perder.

O Gordo sorriu travado.

— Quer ganhar sozinho? Nada disso.

O Galo não tinha certeza nenhuma; olhou em volta, inseguro, e esboçou o plano de sempre: primeiro espiar bastante, depois jogar. Copo à mão, Matozo se encostou na mesa mais próxima; sem pensar, colocou cinco fichas no vermelho. O Gordo apressou-se a imitá-lo, em menor escala, como quem faz uma experiência científica. Quando o Galo ia se decidir (duas; não, *uma* ficha), a pazinha do crupiê cruzou a mesa encerrando as apostas e a bolinha pipocou na roleta.

— Três! Vermelho! — pulou o Gordo, dando uma violenta cotovelada no Galo. — Eu não falei!? — e os dedos sopesavam felizes a pilha dobrada pelo crupiê.

— Falou o quê? — irritou-se o Galo, ficha suada na mão, paralisado pela dúvida, a agonia rascante do risco.

O Gordo olhava para Matozo, que deixou tudo onde estava, pensando vagamente em Dostoievski, o jogador, não o idiota, tenso e trêmulo, olhos na bolinha branca. Vermelho de novo. O Gordo agarrou Matozo pela cintura e levantou-o:

— Vamos lá, bruxo!

Eufórico, jogou três fichas ao crupiê, que as recolheu discreto:

— *Gracias.*

O Galo suava:

— Só eu que não ganhei porra nenhuma — e colocou, finalmente, uma ficha na primeira dúzia.

Matozo enfiou a metade das fichas no bolso e passou a outra metade para o preto, uma decisão robotizada, imitada no mesmo instante pelo Gordo. Deu 27, preto, e enquanto a pazinha recolhia os destroços da mesa, entre eles a ficha do Galo, Matozo — e o Gordo — transferia-se para a terceira coluna. A bolinha rodou, pipocou, negaceou e acomodou-se no número nove, pagando, na coluna, dois por um. Alguns curiosos começaram a se acotovelar por ali, menos pela sorte de Matozo e mais pelo escândalo do Gordo, que segundo a segundo esmagava o professor em abraços felizes. Ganharam mais uma rodada, agora na segunda dúzia — e a efusão do Gordo espantou um vizinho, que cochichou alto à mulher:

— Melhor mudar de mesa, que com este povo aqui não dá...

O Galo não estava mais ali. Houve uma breve derrota no ímpar, recuperada em seguida no par, e outro acerto na primeira dúzia. No exato momento em que Matozo decidia parar — pagaria quase todas as dívidas e ainda sobraria troco para o uísque —, um garçom ofereceu outra dose, que ele trocou por uma ficha generosa; e uma mulher perfumada insinuou-se.

— Muita sorte, hein?

— Ahn?

Num impulso cego, arremessou uma ficha menor no zero, seguido instantaneamente pelo Gordo. Enquanto a bolinha girava, a mulher tirou o copo de sua mão:

— Com *permiso*?

Deu zero. Novo ataque do Gordo:

— É hoje que não vai ter puta pobre no Paraguai!

Receberam um olhar fulminante do crupiê; e a carranca de um guarda-costas se aproximou deles. Matozo recolhia as fichas, o bolso inchado, sentindo o braço da mulher roçar o seu braço, o perfume agudo nas narinas. Uma perda súbita de inspiração. *Ir embora. Já.*

— Meu nome é Madalena. Moro em Foz. Você é de São Paulo?

O Gordo beliscou-o:

— Come logo a polaca. Vai fundo, cara.

Matozo olhou para ela: uma mulher feia e ansiosa. O sorriso acentuava as rugas.

— Hoje não era meu dia. Ainda bem que trouxe pouco dinheiro.

O silêncio de Matozo — um silêncio marciano — desmontou Madalena, que reforçou a máscara, sorriso prestes a desabar em choro:

— Meu marido *odeia* quando eu venho aqui.

Mas não se afastou. *Ir embora?* Ficaram duas rodadas sem jogar. O Gordo sacudiu-o.

— Acorda, Matozo! E então?

Quem sabe saísse dali para conversar com Madalena? Sonhou: uma conversa suave, vagarosa, que chegasse às mãos dadas e à comunhão. Ele falaria do livro; ela, dos planos de mudar de rumo na vida, *mas era tão difícil!* E...

Um mendigo bem-vestido, rosto inexpressivo, de quem já desistiu de tudo há muito tempo, educado, pedindo licença, mostrou a Matozo seus cálculos: há sete rodadas não dava a terceira dúzia, há quatro rodadas não dava o vermelho, há cinco rodadas não dava o ímpar. Que Matozo conferisse: estava tudo anotadinho.

Matozo apostou — pesado — na terceira dúzia, no vermelho, no ímpar, seguido pelo Gordo, desta vez sem convicção, irritado pelo intruso. Deu zero de novo. O mendigo afastou-se, anotando o resultado. O Gordo contemplou Matozo, ponderando: doravante aquilo não tinha mais futuro. Um tapinha nas costas, o cochicho:

— Cuida da polaca que eu vou rodar por aí.

Matozo arriscou uma ficha na primeira coluna, já mortalmente contaminado pela dúvida. Deu. Madalena encostou-se mais:

— Nós nos separamos. Quer dizer, *eu* me separei dele Você não quer arriscar no 21? Adoro 21.

Agora cada um tinha um copo na mão, pagos por Matozo. Colocou uma pequena pilha no 21 e cercou os números vizinhos. Deu cinco.

— Não! Eu falava do jogo de cartas. Você não gosta?

Afastaram-se da mesa, ele tateando um ponto ótimo qualquer (exemplo: mãos dadas conversando literatura), ela já familiar:

— Meu marido, meu ex-marido, é diretor de uma financeira. Descobri que ele tem uma amante.

Num relance nublado, Matozo viu o Galo contando fichas na outra mesa, concentrado e tenso. Madalena esperava que ele dissesse alguma coisa. Assim?:

— Qual financeira?

— Não sei bem qual é. Olhe, tem dois lugares vagos ali!

A sorte é uma vagabunda, auxiliada por um idiota, diria Matozo no dia seguinte, em frente ao espelho, sem graça nenhuma. É bem provável que só voltasse a sorrir ao colocar a primeira folha em branco na máquina de escrever para passar a limpo *A suavidade do vento*.

— Você perdeu *tudo*? — diria o Galo separando as notas, já no carro, não exatamente triste com o saldo: — Eu ganhei onze sacos de cimento e uma carreta de brita.

Ele sentia a eletricidade da mulher ao se aproximar do balcão das cartas e cruzar as pernas ao lado dele. Viu o rombo na meia de náilon subindo meio palmo acima do calcanhar do sapato negro, mas não tinha importância; ela também sentiu o tecido ralo de sua velha calça ao depositar a mão pequena e flácida sobre a coxa dele, que era mais exatamente um osso; e ele sentiu, de novo, a embriaguez do perfume. Nem foi preciso ela pedir; ele estendeu algumas fichas, sem olhar para ela; ela sorriu, tensa, e cochichou (agora, pela primeira vez, ele enfrentava o rosto de Madalena bem de perto):

— Obrigada. Já te devolvo.

Veio uma dama. Pediu mais, veio um sete de paus. Vacilou. Pediu mais, veio outro sete, que a mesa recolheu com as fichas. Ele olhou para o lado: ela *escondia* (*seria isso mesmo?*) três fichas na bolsa e jogava o resto sobre um ás. Tonto, inútil, mesmo assim renovou as doses e pagou ao garçom; então ergueu a carta — a mesa esperava —, pediu mais, e mais, e mais, devolveu tudo, secando o copo em seguida. O mendigo bem-vestido encostou-se nele, discreto, mostrando o bloco de anotações.

— Ainda há pouco deu aquela combinação que eu te falei.

Matozo olhou-o sem fúria, olhos aguados, no mesmo instante em que um segurança do cassino puxava o homenzinho pelo braço, firme e discretamente, advertindo-o num espanhol soturno e arrastando-o para longe; o homenzinho protestava sem convicção, pés praticamente no ar.

— *Su juego, señor.*

Apostou sem olhar a carta. Olhou para o lado: ela estava ganhando?

— Por uma boa boceta... — conseguiu rir o Gordo atravessando a Ponte da Amizade. Estava azedo, tinha perdido dinheiro. Irritava-o principalmente a alegria (sóbria) do Galo, um despropósito. Descarregava em Matozo, que, no banco de trás, muito próximo do vômito, tentava encontrar uma posição segura do corpo e da cabeça, num nojo incerto.

— Só espero que você me pague o milão que te emprestei.

Ele sentia náusea, mas insistia em perder, numa preguiça mecânica. Sentiu a mãozinha elétrica na coxa, a euforia tensa:

— Vou ao toalete e já volto, querido.

Será que era isso mesmo o que ele via? A vigilância canina do funcionário sobre o andar de Madalena, talvez para agarrá-la pelo braço e expulsá-la dali?

— Ela está comigo, senhor — balbuciou para ninguém, vendo dois valetes convergirem em um só a um palmo do nariz.

— *Señor?!*

Na escuridão do asfalto, o Gordo inconformava-se:

— Depois que aquela piranha encostou no Matozo o jogo desandou. Se esse idiota...

— Se pelo menos ele comesse ela... — ponderava o Galo.

Empurrou as últimas fichas sobre o sete: o vizinho se espantou, aproximando a cabeça. Veio um valete, depois um rei. Matozo se ergueu: o problema já não era o ponto ótimo — era ficar em pé. Onde estava Madalena? Um segurança vigiava-o de perto, respeitoso, à espera da queda final, mas Matozo, sólido, resistiu, a mão firme na banqueta, o queixo mais erguido que o normal. Vagarosamente acendeu um cigarro, sondando o limite do desastre.

— Ele jogou fora um balde de ouro. É um idiota.

O Galo olhou para trás, como quem confere a veracidade da afirmação. Os olhos aguados e imóveis de Matozo brilhavam no escuro.

Calculou a distância em linha reta até a porta do salão e recolheu a âncora. A meio caminho sentiu as mãos quentinhas de Madalena nas suas — onde deixou o cigarro? — e balançou, inseguro, antes de parar. Ela sorria:

— Você já vai? E eu nem sei o seu nome!

Incapaz de ficar imóvel, ele girava a cabeça.

— Jordan. Jordan Mattoso.

O queixo erguido. Seria ótimo se o Gordo o encontrasse e o arrastasse para o ar livre.

— Você está bem?

À falta do Gordo — todas as pessoas eram uma massa semovente —, não seria mal se a própria segurança do cassino se encarregasse de levá-lo para fora. Descobriu um brevíssimo ponto ótimo apoiado precariamente na perna esquerda. Fixou-se em Madalena. Parecia mais nova. Sentiu nas mãos o aperto dos dedos.

— Venha sempre, Jordan. Venha amanhã. Eu estou sempre por aí.

(Tempo.)

— Tudo bem, mesmo?

O Gordo era incapaz de mudar de assunto, curva a curva:

— O desgraçado estava rico. Eu devia arrancar ele de lá pelos cabelos.

— E o pior é que esse barnabé nunca que vai ter dinheiro pra te pagar.

No banco de trás, o fantasma de Matozo balançava severamente a cabeça, como quem concorda. Ela *desejava* que ele fosse embora de uma vez? *Então por que apertou minhas mãos?* Era uma súplica ao avesso quando largou Matozo?

— Você não quer as fichas de volta!? Quer?

Sem convicção nenhuma. Ou ele estava realmente tão mal que nem havia se lembrado de pensar em miudezas? Ele, entretanto, foi digno: recusou com um gesto bêbado e preguiçoso — um *deixa pra lá* bastante superior —, disparou à porta de saída, atravessou o matraquear dos caça-níqueis, apoiou-se numa coluna e respirou profundamente, olhos fechados. Alguém se aproximou pedindo cigarro: ele ofereceu a carteira amarrotada. Em algum lugar a provável loura oxigenada cantava um antiquíssimo "Bésame mucho", acompanhada de um conjunto burocrático.

O Galo se afligia:

— Que horas são?

Já viam as luzes da cidade, em fileiras pálidas.

— Quase cinco.

— Estamos fodidos.

Talvez não, se ele tivesse tempo de explicar à mulher que tinha ganhado onze sacos de cimento e uma carreta de brita. De qualquer modo, o filho ia chorar quando ele acendesse a luz.

O ar frio era um alívio. Um pouco mais sólido, decidiu voltar à porta envidraçada do salão, onde apoiou as mãos como criança em vitrine. Madalena abraçava um homem atrás da roleta; aninhava o rosto no ombro dele; sorriam. Mas era Madalena? Um turista largo atravessou a visão, camisa de flores. Matozo espremeu o nariz no vidro. O turista se afastou, mas não houve tempo: foi violentamente puxado pelo Gordo:

— Onde é que você andava?

Arrastado para fora, a cabeça torta ainda tentava ver. A Rural freou súbita numa nuvem de pó. O Gordo já conseguia rir mais solto:

— Desça, lazarento! Acabou a festa!

O Galo levantou o banco, abrindo caminho para a massa irregular de Matozo.

— Só não vá cair do precipício. Por que não põe corrimão nessa merda?

— Quer ajuda?

— Esse aí não precisa de ajuda. Nem olha para trás Tem o rei na barriga.

Esperaram alguns segundos; e arrancaram. Matozo traçou uma linha reta até o alto da escada, inclinando o ombro em direção à parede, prevendo uma emergência, que não houve; só no alto desabou à frente. Deitado no patamar, olhos no chão lá embaixo, sentia no corpo a frieza sólida do concreto. Desta vez não tentou resistir: vomitou a substância da noite.

Nosso amigo acordou às duas horas da tarde vivendo simultaneamente todo o complexo de dores, pontadas e angústias do peso de uma verdadeira ressaca. É o tipo de experiência — o momento em que se abrem os olhos — cuja urgência dolorosa revela-se brutalmente mais rápida que qualquer teorema consolador. Numa palavra: esmaga. Desse universo puramente físico (melhor: pegajoso), vamos nos livrando em conta-gotas, arrancando as ataduras dos braços, erguendo as pernas do chão viscoso, abrindo a pesada tampa de cimento, até que se ponha a cabeça para fora, quando se percebe que o panorama é igualmente desolador, mas pelo menos nele se respira.

E qual é, afinal, o panorama?

Bem, a primeira revelação desse estágio costuma ser inexorável, alguma coisa fatal como o Destino. No caso exemplar de Matozo, ele havia perdido todas as aulas da manhã. E ele *só dá aulas pela manhã*. E essa manhã é um *sábado*, e o sábado é um dia nobre, porquanto nele mais se revelam a grandeza do sacerdócio e sua cota de sacrifício. E uma das turmas tinha *prova do bimestre*. E é a *primeira vez que acontece isso em sua carreira.* (Houve uma outra, mas justificada antes mesmo do meio-dia por uma infecção na garganta que o impedia de falar — bastou abrir a boca ao diretor e estender o atestado médico.) Ao lado desse bloco inarredável de fatos, havia um segundo pelotão de informações que marchavam firme logo atrás, de dedo em riste e passo de ganso: o cassino. As perdas do cassino. O dinheiro que... Basta. Não há necessidade de sofrer com Matozo tão minuciosamente, item a item, não há serventia em acompanhar tão de perto essa tortura. Mesmo porque vocês não sofrem, de fato; vocês imaginam o sofrimento dele, assim como quem vê um atropelado e dá uma resposta: consternação, por exemplo. (Mais: no nosso caso, é bem possível que vocês estejam rindo!)

O processo não termina aí, entretanto. Mal os pelotões do *real* (digamos assim) acabam de desfilar mal-humorados diante dele, um outro batalhão começa a aparecer no horizonte. Em um segundo essa mancha difusa e móvel avança inopinada e desordenadamente, figuras monstruosas, deformadas, com frequência histéricas, aleijadas, famintas, violentas, que crescem, estouram, murcham e renascem em metamorfoses estúpidas. Com algum pedantismo podemos chamar esse quadro vivo de Hyëronimus Bosch de *As consequências hipotéticas do batalhão de fatos que já se foram.* É impossível paralisar esse quadro imaginário cheio de rabos e raízes entranhando-se na alma. No caso de Matozo, seria alguma coisa assim (recheada de uma absurda intensidade dramática): as alunas correm à direção para dar queixa do professor que não veio; o gerente do banco carimbou e devolveu um cheque; o inspetor de ensino visitou a escola, abriu a porta da sala e flagrou todas as educandas nuas jogando aviõezinhos de papel; o diretor carimbou em vermelho o livro de ponto e a seu lado uma guilhotina decepa cabeças sem parar; o diretor convocou uma reunião extraordinária de professores; Madalena está rindo desbragadamente de Matozo num quarto de hotel, enquanto um homem metódico tira a roupa, dobrando-a numa cadeira; o diretor recebeu uma denúncia de que Matozo vendia provas; o proprietário da casa está se aproximando da porta para pedir que ele desocupe o imóvel; Bernadete mandou um recado cancelando o convite; Estêvão atravessou a rua para não cumprimentá-lo; o Gordo...

Chega. Até aqui — e não se passaram mais de cinco segundos —, até aqui temos apenas um louco varrido, provavelmente já internado no manicômio. Há algumas pessoas — raras, felizmente — que são incapazes de sair desse estágio e que se transforma em objeto de estudo dos cientistas. Como não é o caso, vamos adiante. E o que temos? Vejam: passaram-se seis segundos, Matozo está com os olhos e a boca aberta, e tem sede, muita sede. Este ser provisório está prestes a entrar no terceiro estágio, justamente o que o deixa em pé, em princípio apenas para beber água, num passo vacilante até o filtro da pia, e em seguida para salvá-lo, quando, esmagada pelos demônios, a cabeça se defende. Antes mesmo que o copo esteja cheio (de água), ele já provocou um violento e também desordenado recuo dos monstros do último batalhão, que em geral são covardes e se esfarelam diante da mais esfarrapada justificativa, desde que falemos firme e grosso. Por exemplo: *Vou conseguir um atestado médico.* Pronto: os monstros fogem em desespero, uns pisando nos outros; mas alguns resistem e se escondem atrás das pedras do deserto, difusamente à espreita, traiçoeiros, as grandes orelhas atentas. Se fraquejamos (assim: *O diretor vai descobrir que o atestado é frio.* Ou: *O médico vai recusar*), o batalhão alucinado pula imediatamente das pedras e avança impiedoso, marreta nas mãos, dentes afiados, unhas compridas. Apenas exemplos: na verdade, Matozo não pensou em nada disso. Ele pensou unicamente n'*A suavidade do vento*, trancada na última gaveta, sentindo o alívio da água que descia em grandes goles. Seria mais exato dizer que Matozo *refugiou-se* na suavidade do vento, refugiou-se até ferozmente na suavidade do vento, fechando os olhos com força e assistindo à debandada dos bichos na poeira do deserto. Mas não era tão fácil assim; ele precisou abrir a gaveta, folhear as páginas, ler alguns trechos (*Toda metáfora é a confissão de um fracasso: não temos palavra*), ler de novo, em voz alta, rouca — e mesmo assim um gnomo teimoso rosnava a distância, aproximava-se com vara curta e fugia correndo no pó, outro mostrava a orelha inchada e se escondia, sucessivos, revezando-se na tocaia sinistra. De tal modo que o torcicolo voltava, tenaz. Era preciso reforçar as defesas para ficar em pé: Matozo sentou-se à escrivaninha atrás do ponto ótimo. Uma tarde nublada. Não desistiu; enquadrou um bloco pesado de nuvens, tons e subtons de cinza; inclinando-se à frente, aumentou a altura do verde, um verde sem brilho, opaco, distante e manchado; voltando a cabeça à esquerda, descobriu uma nesga pálida de azul que volteava sem força — o que resultou num quadro inquieto, prestes a desabar. Atrás de Matozo, os monstros se acalmavam, também contemplando a janela, um deles pendurado no seu pescoço, outro espichando-se sobre o ombro, unhas na camisa, um terceiro arregalando o único olho: perdiam a força, escorregavam.

Matozo sorriu: ele sustentava um breve ponto ótimo e sentia no curto instante a suavidade do vento. Abriu de súbito o I-Ching — *HSIEH / LIBERAÇÃO. Aqui o movimento sai da esfera do perigo. O impedimento é removido e as dificuldades estão sendo solucionadas. A liberação ainda não foi concluída; está nos primórdios* —, fechou-o também de um golpe e jogou-se na cama para que o sono completasse o ciclo. Um último monstrinho aproximou-se arrastando a perna quebrada, ajeitou-se no travesseiro, esfregou os pelos pontudos na cabeça de Matozo e dormiu assustado, de olhos abertos.

Matozo levantou-se, tateou a parede e acendeu a luz. Oito e meia e muita sede. Bebeu água, canino, um copo atrás do outro. Fechou os olhos — a cabeça razoavelmente pacificada — e testou o pescoço. Um ou outro nervinho apenas, a essa altura mais companheiros que inimigos. *A suavidade do vento.* Decidiu tomar banho: mover-se é um bom remédio. Quando jogou as calças sobre a cama, ouviu as fichas rolarem pelo chão. Súbita felicidade! Engatinhou atrás delas — eram graúdas, quatro fichas que escaparam do cassino, de Madalena e do azar! Enfiou a cabeça sob a cama, o nariz no pó: havia uma outra, menor, amarelinha, caprichosamente equilibrada no sapato. Empilhou-as na escrivaninha, calculando. Não davam para quase nada, mas eram um recomeço. Melhor: eram um bom augúrio! Voltar ao cassino? Em um segundo os bolsos se estufavam de dinheiro. Uma morena, muito mais bonita que Madalena, que falava pouco e dizia muito com os olhos enormes e doces, bebia martíni com Matozo no salão de dança. Iria com ela à festa de Bernadete. Que postura! Na escrivaninha, um monstro gordo balançava a cabeça, desolado.

Matozo jogou as fichas na gaveta e pôs-se a fazer ginástica, de costas para o monstro, ouvindo o estalar de ossos. Um, dois, um, dois. Em um minuto estava exausto e opresso, inteiro suado. Correu ao banheiro e tomou um banho frenético, esfregando os cabelos com força. Nenhum monstro à vista. Depois de seco, o pior: escolher roupas adequadas naquele bazar de velharias que era o seu guarda-roupa. Mãos de mulheres roçavam nas suas. Os sussurros: isso não combina, jogue fora essa calça, cueca furada ah ah ah, gritinhos de horror, a camisa puída, o colarinho é um sebo! O Matozo é um mendigo! Meia azul? O diretor determinava: Vá de gravata. As autoridades estarão presentes. Depois do que você fez ontem... mas ele não quis ouvir: correu para ligar o toca-discos com o mesmo Pink Floyd. Aumentou o volume (não muito, que a vizinha...). Olhou para o Dimple (quase súplica), vacilou e resistiu: estava em jejum. Olhou pela janela: havia chovido? Iria de galochas? Ridículo! Passou um pano no outro par de sapatos, o de festas, e raspou o barro da sola com uma faca, que deixou na pia sem lavar.

Pronto? Não, faltava comer. Aquecer restos — frango, arroz, um ovo cozido — que mastigou em pé, ouvindo a música. Trucidou um tomate inteiro. Bebeu mais água — precisou inclinar o filtro, a água estava no fim. Lavou o rosto, escovou os dentes, penteou o cabelo. Com o pé, levantou o assento do vaso — e mijou demoradamente, olhando a janelinha embaçada. No espelho, contemplou-se sem se ver: a música — "Mother Fore" (o que seria *fore*?, perguntou-se mais uma vez. O dicionário estava numa das caixas de livros) — soava numa espécie de campina, suavíssima. Depois viriam as dissonâncias, épicas, longínquas. Ele gostava de *ver* a música. Acendeu um cigarro (a mão ainda tremia) e sentou-se diante da janela — o ponto ótimo, agora, era a escuridão absoluta. Desceu a vidraça e voltou a sentar. O vidro deformava tudo o que via, sob o império sujo da luz amarela.

Por que estava eufórico, ansioso para sair? Da porta, contemplou sua geografia particular, silenciosa na desordem: uma guerra, uma guerra permanente contra a tirania dos objetos e o atropelo dos monstros. Mas ele estava ganhando. Os monstros que enfiassem o rabo peludo entre as pernas, porque J. Mattoso estava ganhando! Antes de abrir a porta, entretanto, voltou à gaveta para uma última olhada, de segurança. *A suavidade do vento*. Belíssimo! A linha reta de volta à porta foi desviada pelo Dimple. Dois, três, quatro goles no gargalo.

Agora sim: pronto!

Descendo a escada, lembrou-se do desastre: teria vomitado na parede branca? Agulha no pescoço: e se houvesse uma mancha caprichosa, do alto até o chão, atravessando inclusive a janela da cozinha abaixo? Da esquina olhou para trás, furtivo, mas a luz do poste sujava tudo. Bem, ele ficaria sabendo. A cidade inteira ficaria sabendo. Talvez já soubessem! Ao subir a avenida, evitou o Snooker Bar: o Gordo e o Galo estariam lá e o convocariam aos berros. Ele seria exposto ao público, talvez *cobrado* — e a agonia suava. Caminhada difícil, desviando dos obstáculos agudos, dos monstros coletivos, dos outros. Encontrou Estêvão atravessando a rua; de comum acordo, um fez que não viu o outro.

Pensou na festa de Bernadete, e se distraiu desenhando um plano científico de conduta. Não se intimidar. Manter um silêncio bem-humorado. Nos instantes de crise, pensar na suavidade do vento. Conversar com as alunas. Com *verdadeiro interesse. Como está você? O que você tem feito?* Importante: era preciso se antecipar. Antes que o invadissem, perguntar pela vida dos outros, ouvir, perguntar mais — envolvidos no malabarismo das respostas, ninguém se ocuparia dele — e deixar o tempo escorrer. Beber discretamente. No momento adequado, dizer: *Bem, tenho de andar. Provas a corrigir.* Não sair de rompante, como quem foge; preparar o terreno. Suportar com interesse as pequenas piadas, os tapinhas nas costas. Prestar atenção. Completada a festa, descer a avenida. Talvez então entrar no Snooker Bar para uma partida de general. Antes mesmo que o Gordo falasse, ele levantaria os braços, sorrindo: *Devo, não nego!* Um cheque pré-datado suavizaria o encontro. Fez as contas: bem somado, devia três vezes o que ganhava. Mas todo mundo tem dívidas. O próprio Galo dizia: quem não deve não fica rico. Além disso, ele, Mattoso, tem a suavidade do vento. Riu sozinho, lembrando o eco bêbado na despedida do porre: "Ele tem o rei na barriga." *O que eu tenho é a suavidade do vento, e vocês são burros demais para saberem o que é isso. É o meu ninho de porcelana. Mais que raríssimo: único.*

— Burros. Cambada de burros.

O cochicho se transformou numa risadinha deliciosa e sinistra. A cidade inteira se povoava de burros, orelhas de burro, chapéus de burro, rabos de burro sacudindo moscas. Mas um pequeno choque no pescoço exigiu que ele se controlasse — e Matozo gemeu de dor. Não se entregar, nunca, aos anões do ódio. E ali estava o esquisito professor massageando o pescoço, andando torto, balbuciando a suavidade do vento, resvalando entre uma sombra e outra.

Na rua da praça, um pequeno movimento em torno de um jipe da polícia. Próximos, alguns volumes de gente, como quem assiste a um espetáculo sem muito interesse, dois aqui, três ali. Matozo parou. O dentista, algemado entre dois homens, esperava que o colocassem no jipe. Antes de entrar olhou em volta; provavelmente só via silhuetas contra a luz. Não parecia assustado, nem exatamente tranquilo: pálido. Havia um homem comprido ao lado de Matozo, fumando. Olhava para o espaço vazio onde antes estivera o jipe.

— Esse aí fodeu-se.

Deu uma baforada neutra, olhou para o toco do cigarro entre os dedos e arremessou-o longe, vendo a curva da brasa. Atravessou a rua. Matozo sentiu uma rede contrair o corpo; o torcicolo descia a coluna e chegava ao nervo ciático. Venceu uma ânsia de vômito tardia e avançou para a escuridão e o silêncio maior da praça. Lembrou súbito que devia dinheiro ao dentista, já há quatro meses, e uma fisgada mais violenta cortou seu pescoço. Parou, decidido: iria imediatamente falar com a mulher, explicar a dívida, saldá-la e oferecer solidariedade. Voltou-se, deu dois passos e parou de novo, conferindo: tinha apenas uma folha no talão de cheques e nenhum dinheiro no banco. Iria ao banco amanhã mesmo — não; segunda-feira — fazer um empréstimo e então pagaria à mulher. Retomou o caminho, sem sentir alívio nem a suavidade do vento. Estava repleto de pequenas dores, que tentava vencer apressando o passo e respirando fundo. Quando viu a casa inteira iluminada, renasceu o pânico: enfrentar pessoas, a mais dolorosa experiência da vida. Que Roda fazia-o repetir tediosa e estupidamente o medo de cada dia? Abriu o portão com delicadeza, desenhando a fantasia de que era possível entrar sorrateiro na festa, cruzar invisível todos os espaços e se retirar intocado no exato grau de pureza em que entrara. O alívio da imagem: um homem que, para viver, dispensa até mesmo os pés no chão, um ser de nuvem em perpétuo ponto ótimo.

— Professor! Beijinhos, professor. Três, pra casar!

Ele sorriu, sentiu a umidade dos lábios no rosto, lançou um meio aceno para as ex-alunas na varanda e foi arrastado para dentro, o território dos adultos.

— Venha, professor. Quero lhe apresentar o meu pai.

Com a aparição de Matozo, os adultos silenciaram, o que ele previa e temia. O de sempre: homens num canto, mulheres em outro. As flechas (envenenadas?) concentraram-se todas, certeiras, naquele animal exótico, ainda não perfeitamente classificado para uma avaliação mais nítida. Matozo apertou penosamente as mãos dos homens — todas maiores que a dele. Uma intuição repentina lhe disse que não era preciso chegar perto das adultas; bastava um aceno sorridente.

— Boa noite!

Responderam em coro, também sorridentes, e voltaram à conversa, que baixou o volume. (Duas delas ainda sustentaram os olhos no professor alguns segundos a mais, dos pés à cabeça, para então voltarem à roda.)

Ficou assim: o professor diante de seis ou sete adultos em pé que agora pareciam tão desajeitados quanto ele, num intervalo abissal de tempo, até que o pai de Bernadete oferecesse uísque, que ele aceitou (talvez rápido demais); e quase no mesmo instante o interventor — aquela era uma região de Segurança Nacional — descobriu um gancho:

— Foi bom você chegar, professor. Ainda hoje eu estava na dúvida, lendo o discurso que vou fazer em Foz. É *pre*vilégio ou *privilégio*?

Bernadete espevitou-se:

— Ih, professor... essa lição eu já esqueci...

Matozo saboreou o gole.

— É *pri-privilégio*. — Espantaram-se, um olhando para o outro. Desconfiados? Matozo reforçou: — Do latim, *privilegiu*.

Imediatamente sentiu vergonha — por que esse pedantismo, esse latim? Estêvão tem razão! —, que disfarçou com outro gole, agora comprido. O interventor balançava a cabeça, impressionado.

— Vivendo e aprendendo. Eu jurava que era *previlé*gio. — Não parecia perfeitamente convencido: — Mas não teve uma reforma da gramática esses dias?

Outro gole. E desandou:

— Por enquanto é um projeto. Mas, pelo que sei, vai afetar somente o acento diferencial das homógrafas.

Bernadete quebrou o mal-estar com uma risada:

— Viu, pai? Eu não falei que ele é um crânio!?

O interventor voltou à carga, agora já com a visível intenção de pegá-lo em erro:

— Taí, outra dúvida: ele é um *crânio* ou um *crâneo*?

— Um *crânio* — disparou Matozo, olhando o fundo do copo, onde agora só havia gelo. Mergulhou numa curta depressão, quase acrescentando: *quer dizer, a palavra que é crânio, não eu.* Mas a chegada do gerente do banco com a mulher e a filha instaurou uma agradável desordem na roda, resvalando Matozo para um confortável terceiro plano, que ele aproveitou para encher o copo no balcão. Os cumprimentos e as risadas chegaram até ele com o corpo do gerente estendendo a mão peluda:

— Professor! Que surpresa!

O saldo negativo encurralou Matozo:

— Pois é, preciso lhe fazer uma visitinha pra rever o empréstimo...

Riram, compreensivos, o gerente mais alto que todos, talvez dizendo sem dizer que, de fato, aquela era uma boa ideia. E agora, que fazer? Ficar com os adultos? Ir à varanda com as crianças? Afinal, qual o território de Matozo? Os adultos pareciam de novo intimidados por ele, uma roda que não vai para a frente. Intimidados? Desconfortáveis? Desagradados? Respeitosos? O que falariam com ele? E Matozo, o que diria? Contar o desastre do cassino? — isso eles já sabem. Falar do livro? *Acabo de escrever* A suavidade do vento. Eles balançariam a cabeça, significando qualquer coisa. Perguntar do dentista? — aqui o torcicolo deu um repuxão de advertência. Sacudia o gelo do copo: quem sabe esses segundos desajeitados sejam uma demonstração de *respeito* por ele? Mas a troco de quê? O plano de perguntar para não ser interrogado — e Matozo suava — não dava certo ali: a hierarquia é uma intuição secreta e só pergunta quem é superior. Matozo é superior? *O que eles pensam de mim?* Felizmente o terror foi curto, Bernadete puxava-o pelo braço:

— Professor, deixe aí essa velharia e venha pra varanda com a gente!

Risadas, alívio geral: os adultos voltavam a conversar assuntos relevantes e as crianças voltavam à varanda para brincar. Foi rápido: ainda da porta Matozo ouviu 'taipu circulando entre eles. Na varanda, as alunas cercaram o professor numa alegria bastante respeitosa, ofereceram uma cadeira especial, um prato de salgadinhos e uma música de Roberto Carlos; ele se sentiu momentaneamente bem — o copo estava cheio e logo ele seria relegado à sombra. Quase um ponto ótimo, não fosse o fato de que sua presença ainda alterava as meninas, umas exibidas demais — *Olha eu aqui, professor!* — e outras tímidas em excesso, com segredos na testa. Ajeitou-se na cadeira, relaxou os músculos e sentiu a aragem noturna, na antessala da suavidade do vento. Só então percebeu que havia rapazes no extremo da varanda, bastante formais, a um tempo tímidos e posudos nas roupas de festa: uma elegância ingênua de adolescentes. Eram bonitos assim, avaliou Matozo, bonitos e verdes, ainda simulacros de adultos, mas com lances de dignidade, fingindo que a garridice das meninas não tinha endereço. Talvez enciumados do professor, que tanta atenção recebia, como um troféu recém-conquistado. Matozo bebeu em silêncio, fechou os olhos, criou asas, ergueu-se sobre a cidade e voou lento, braços abertos, inteiramente nu. Sentia frio. Esperou Bernadete passar a sua frente para então pedir mais bebida, com um cochicho incontrolavelmente culpado, o que despertou o torcicolo. Ela pegou o copo vazio num silêncio óbvio e cúmplice, observada de viés por duas ou três amigas também subitamente silenciosas, talvez com um sorriso ligeiro, *de quem sabe*, adivinhava Matozo, massageando o pescoço dolorido. Agradeceu discreto o copo cheio até a borda, que levou aos lábios segurando com as duas mãos para um gole infernal sob o olhar... *curioso? consternado? horrorizado? fascinado? científico? solidário? mórbido?* de Bernadete e suas amigas. Mas nada de humor: aquilo era sério. A própria Bernadete, percebendo a agressão do silêncio, bateu palmas:

— Acabou a música! — Correu ao toca-discos, de onde jogou uma corda ao professor: — O senhor gosta dos Golden Boys?

Confusão e gritinhos entre elas.

— Ah, ponha o Renato e seus Blue Caps!

— Elton John!

— Johnny Mathis!

O que estaria fazendo Madalena nesse instante? Na ponta da varanda estourou uma risada entre os rapazes. Bebiam cerveja: a mão direita segurando o copo, a esquerda no bolso, no rosto máscaras bem-humoradas. As meninas se agitavam mais, um aroma tentador, um erotismo inocente. Um casal resolveu dançar — palmas, assobios, piadinhas —, e moviam-se lentos, docemente desajeitados na varanda; felizes, inventou Matozo. O rapaz inclinava-se à frente, talvez tentando colar o rosto, ela recuava suave e sorridente. Duas adultas chegaram à porta para vigiar a novidade; também pareciam felizes. Descobriram Matozo na sombra:

— As meninas estão lhe tratando bem, professor? Não quer uma fatia de bolo?

Ele agradeceu, ficava no salgadinho, estavam ótimos.

— Se quiser bolo, é só pedir!

Nenhum monstro à vista. Nesse momentâneo ponto ótimo, o da sombra, Matozo se perguntou por que mergulhava tão inapelavelmente em infernos abissais em meio a desertos até tranquilos, como este em sua volta: uma questão saborosamente simplória, como se a salvação fosse uma resposta. Assim: bastava cuidar o passo, apalpar o escuro para não cair, que a suavidade vinha. Como agora: pedir sussurrante outra dose a Bernadete, com duas pedras de gelo, e ela obedecer discretíssima. Uma boa menina, que gostava dele. Gostava dele? Sentiu a mão no osso do joelho:

— Professor!

Era um aluno de outra turma, de uma alegria sem mancha:

— Professor, ganhei um concurso de crônicas em Foz! Primeiro lugar!

— Meus parabéns! Você escreve sempre?

Eis um semelhante, no estágio inicial, à procura irresponsável de outros semelhantes, reagiu Matozo, mordendo a língua — que direito tinha ele à inveja diante de um menino explodindo vitalidade? O torcicolo deu um breve sinal de alarme, que contraiu Matozo, escutando a biografia atropelada do garoto. Eram muitas informações, todas vivas, e Matozo as traduzia: Eu estou aqui nessa caretice, professor, mas sou diferente; eu tenho sensibilidade; eu leio livros que gente da minha idade não lê; eu alimento grandes projetos; eu gosto de mim; eu ainda não sei o que vou fazer na vida; eu serei grande.

— Eu ainda não sei dançar! — irritou-se ele quando uma menina interrompeu-o puxando pelo braço.

— Mas escreve *muito bem*, professor! — defendeu-o Bernadete. — Vamos, Marquinhos, leia aí a crônica pra gente! É linda, professor!

Não faça isso, rezou Matozo, e foi atendido. Admirou-o: a recusa era um bom começo de carreira.

— Vocês vão ler no jornal. O dr. Estêvão vai publicar. É sobre a vida na natureza, professor.

O que já não era tão bom, previu Matozo num silêncio cruel, mais uma vingança contra Estêvão: passarinhos voando, águas cristalinas, o sussurro das cigarras, a casinha do joão-de-barro, o rubro pôr do sol. Ao final, talvez, o Homem, que é o lobo do Homem, disparasse seu rifle contra uma corça amamentando o filhote. É mister salvar a natureza. Seria isso mesmo, um carimbo, suou Matozo, em alguém tão jovem? Nenhum avesso, nenhuma perversão, nenhum ódio? Um homem passado a limpo, já no primeiro dia da criação? Marquinhos dava uma pista, um pouco inseguro diante do silêncio:

— É uma crônica poética, professor.

Matozo acordou:

— Que ótimo. Estou curioso para ler, Marquinhos.

Um jovem bonito, um rosto limpo, de olhos transparentes. A tela de arame, com pontas agudas, esmagou as costas de Matozo, e ele se viu novamente no inferno, o das formigas na pele. Um monstro enrugado puxava um fio no seu pescoço, com força, para sufocá-lo de dor — um homem incompleto e corrosivo diante de um menino que invejava, talvez amasse: o companheiro possível, contra o resto do mundo: contra o Resto. Difícil se mover, todas as pontas doíam. Esticou o braço a Bernadete, brusco, uma tentativa de humor com o riso torto:

— Você quer me matar de sede?

— Que é isso, professor! Me dá aqui o copo que eu vou caprichar.

Riram. Bom tratar o alcoolismo às claras, agora que já estava bêbado e destroçado. Perguntou a Marquinhos o que ele andava lendo, e gostou do entusiasmo da resposta, principalmente do entusiasmo. Cavoucou a carteira atrás de um cigarro. Uma tragada funda e libertadora sob o olhar do menino.

— Quer um?

— Obrigado... eu não fumo.

O menino — dezesseis anos? dezessete anos? — ficou vermelho, vigiou em torno, voltou a fitar o mestre (ou o monstro?), que dava outra tragada revitalizante e em seguida um gole do uísque reforçado por Bernadete. Agora ela parecia um tantinho preocupada: a continuar assim, ele teria de ser carregado dali. Nada agressivo; um olhar até carinhoso, aflito, mas carinhoso. Matozo adivinhou:

— Não se preocupe, Bernadete! — e tentou inutilmente fazer humor, a entonação desajeitada: — Eu resisto!

Ela ergueu os braços:

— Nem falei nada, professor!

Isso: todos eles estão tramando dar um porre no professor, para levá-lo ao limite da vergonha. Ele sorriu, achando bom: o limite da vergonha também é libertação. Passamos ao outro lado do mundo, que é inteiro liso, sonhou Matozo. O menino pigarreou de mentira; um misterioso véu de estranhamento nascia entre os dois.

— Tomara que ano que vem eu tenha aula com o senhor. — Acrescentou, inseguro: — As meninas gostam muito de suas aulas.

E nem ficou vermelho, avaliou Matozo. *Minha aula é um tédio, o pior dos tédios, o tédio gramatical.* Quando daria a sua verdadeira aula? Quando abriria os braços para ensinar o que realmente importa? (E ele sabe o que realmente importa?) Quando se libertaria da tela de arame?

— É mesmo? Bom saber. E eu gostaria de ler o que você escreve. A gente poderia conversar sobre literatura. Sabe onde eu moro?

Marquinhos animou-se — era um orgulho a conquista dessa intimidade.

— O senhor quer ler?! Já tenho muita poesia escrita. Deixei uma pilha com o dr. Estêvão, mas tenho mais um monte lá em casa.

O torcicolo acordou e lançou raízes coluna abaixo.

— Marquinhos, vá dançar com as meninas e deixe o professor comigo. Não seja caipira, pegue logo a vassoura, guri!

O jogo infantil da vassoura, para a troca dos casais que dançam. Vermelho, furioso, Marquinhos arrancou a vassoura da mão de Bernadete. Logo agora! O olhar de Matozo acompanhou a timidez raivosa do menino, vassoura à mão, diante de meia dúzia de casais que se espremiam na varanda ao som monótono de Roberto Carlos. Que coisa ridícula!, dizia o rosto de Marquinhos. Mas acabou se decidindo por uma loirinha tão tímida quanto ele, deixando a vassoura com um grandalhão desengonçado. A loirinha sorriu com ternura, abraçando suave o novo par, e Matozo sentiu um sopro de ciúme daquele idélio. No mesmo instante as mãos de Bernadete puxaram o professor da cadeira, não para dançar, mas para contar um segredo.

— Venha aqui, professor.

Ele seguiu angustiado — o copo ficava lá atrás — até outra sombra da varanda, onde não havia ninguém. Bernadete não largava suas mãos e estava próxima, muito próxima, mais do que seria devido. Perfume, sorriso, olhar faceiro. Seria um pedido de namoro?, assombrou-se Matozo.

— Professor, quero lhe dizer uma coisa. Mas o senhor promete não contar a ninguém?

— É claro!

— Jura?

— Juro.

As mãos nas mãos, uma sensação rara e doce. Num lapso, os joelhos se tocaram. Relâmpagos. Ele quase perdeu o equilíbrio, era difícil ficar em pé. *Agarrá-la e beijá-la. Depois, agarrar e beijar Marquinhos — e comparar.* Finalmente:

— Eu conversei com meu pai. Ele vai propor o seu nome para entrar no Rotary. Mas é segredo! Se não me engano a reunião é na semana que vem. Que tal?

Os fios de arame repuxaram um Matozo em agonia. Mais relâmpagos. Torceu o pescoço, testando a dor, e fechou os olhos. Bernadete segurou-o firme, assustada: ele ia cair.

— O senhor está bem?

— Foi só uma tontura.

Largou as mãos de Bernadete e se encostou na mureta da varanda. Súbito, no calor elétrico, desabou uma chuva brutal e compacta em meio a trovoadas — a luz piscou. Ela segurou com força o braço dele, sentindo o vapor frio da água. Ouviram gritinhos adiante, a alegria desconcertada e libertadora de uma chuva torrencial quando estamos protegidos. *Água e útero*, pensou Matozo, misteriosamente embargado. Mais relâmpagos e trovões, uma furiosa sequência de estrondos céu abaixo. Bernadete gritou:

— Está melhor? Quer que eu traga água?

— Não, não precisa. — Inventou: — É que eu também tenho um segredo.

Ela se encostou nele, protegida pelo carinho da sombra e da água.

— Mesmo? E qual é?

— Você não conta pra ninguém?

— Não. Juro!

Qual seria o segredo? Decidiu:

— Vou embora da cidade.

Ela afastou-se, como se ofendida:

— É verdade?! Quando?

Quando? Matozo contemplava o peso da chuva, sem alívio: os fios de arame continuavam a apertá-lo impiedosos. Quando?

— Bem, não é já... é... talvez no fim do ano. Ou no fim do ano que vem, o mais provável. Eu...

Refugiou-se na suavidade do vento — e Bernadete voltou a encostar-se nele, quentinha. A coisa não era tão grave.

— Ah, bom. Eu já pensava que o senhor ia amanhã. Então...

Surpreendidos por três meninas em coro:

— Hum! Hum! Namorando, hein, professor!

Bernadete, uma fera súbita:

— Suas chatas!

A voz adulta, lá da porta:

— Bernadete!? Onde está você?

— Estou aqui, mãe! (Vou buscar água. Me espere.)

Ficou um vazio excitado, o cheiro de Bernadete e a chuva torrencial. Ele olhou para trás — ninguém —, pulou a mureta, enfiando os pés na lama do quintal, esgueirou-se rápido seguindo a sombra, atravessou a cerca entre os fios de arame e desceu uma rua escura, inteiro encharcado. Olhos no chão, acompanhava o capricho dos relâmpagos revelando fulgurantes as linhas do barro. Mas o prazer da fuga era travado, doía-lhe o pescoço e agora tremia de frio. Difícil avançar ali; num momento, teve de voltar três passos para desenterrar o sapato que ficou. Olhou para o céu: de tão compacta, a chuva era imóvel. Prosseguiu.

Entreato

Suspendo esse acompanhamento minucioso — *cruel*, talvez, diriam os sensíveis — do nosso amigo Matozo pelo prazo de noventa dias. Nada aconteceu nesses três meses que já não estivesse anotado nas páginas anteriores. Ao leitor obsessivo, bastará reler o primeiro ato algumas vezes (reescrevê-lo, se preferir, sob outro ponto de vista), promovendo pequenas modificações, e teríamos uma imitação bem inventada daquele cinema algo tedioso, aqui da cadeira. Um simulacro, na verdade; porque o inferno, com aquele fogo no pescoço, esse é exclusivo de Matozo. Mas advirto: reler seria exagerar. Nada aconteceu nos noventa dias! Nenhum cassino! Nenhuma Madalena! Nenhuma festa! Nenhuma embriaguez que atravessasse a noite! Monstros? Todos pequenos, tímidos, transparentes, covardes!

Subtraindo-se assim, que novidades restariam?

Vamos lá. A visita ao gerente do banco; um novo empréstimo para cobrir o antigo, com consequente aumento da dívida; o pagamento de um terço do devido ao Gordo; a firme decisão de pagar ao dentista, frustrada pelo fato de que a mulher, três dias depois, havia desaparecido da cidade com o caminhão de mudança; duas ou três novas fugas de Matozo, escondendo-se nas esquinas para evitar Bernadete — acompanhadas do terror de um homem que não conseguirá mais falar com uma mulher até o fim da vida porque será incapaz de se explicar; o silêncio do colégio em torno da falta de sábado; talvez — é uma hipótese — a proposta do nome dele na reunião do Rotary, certamente caindo no vazio; o discurso do Galo sobre a importância de economizar; uma dúzia de garrafas de Johnnie Walker, selo preto, pagas com ágio ao contrabandista; nove derrotas sucessivas no general; o aumento do aluguel; o cumprimento esfuziante de Estêvão — *Que privilégio encontrar nosso Rocha Lima!* (*Privilégio?* o que ele quis dizer com essa palavra?); a insinuação do dono da banca de que seria mais interessante ele pagar à vista os jornais, as revistas e as resmas de papel ofício; a simpatia da Maria Louca, sentada no banquinho; e assim para trás, dia a dia. Ponha-se de fundo o disco do Pink Floyd, algumas consultas ao Oráculo, e a mimese estará quase perfeita.

E para completar o tédio, os monstros se acalmavam! Bichos espantosamente suscetíveis, como sensitivas, eles adivinhavam apreensivos que cada tarde que Matozo arrastava datilografando *A suavidade do vento* — uma datilografia penosa mas excitante, dedo a dedo, linha a linha — representava uma nova parede na fortaleza que o amigo erguia em torno de si. A lentidão deliberada, cigarro a cigarro, com que ele passava a limpo aquelas páginas ocultava o temor de terminá-las, quando teria de voltar às exigências concretas do cotidiano, cruamente, sem válvula de escape. Porque não lhe ocorria mais nada para escrever!

À noite, bebendo, descobria-se o assustado autor de uma obra única: a suavidade do vento era ele; terminada, ele terminaria junto; a obra se revelava o torto caminho pelo qual ele, nascendo de um limbo, chegava a algum lugar com contorno próprio. Lia em voz alta (por exemplo: *Domingo é o dia maldito da Criação*) e imediatamente o mundo aprisionava-se num sistema fechado de referências; sólidas, precisas, as coisas ganhavam sentido sob o seu olhar único. E era esse olhar manuscrito, só ele, que criava a realidade! A paixão segundo Matozo intimidava cs monstros, que empalideciam dia a dia. Nem se aproximavam, porque era bem possível que ele, em estado de graça, ainda passasse a mão distraidamente naquelas cabeças rugosas e pontudas, num carinho demolidor.

Última esperança, Matozo dormindo, eles avançavam na escrivaninha para a conferência faminta das páginas que faltavam. Um dia aquilo ia acabar! E então... A máquina de escrever eram torturantes pingos chineses! Mais rápido, Matozo! Copie tudo de uma vez, de qualquer jeito! Um deles, mais atrevido, enfiou os dentes na orelha de Matozo e sussurrou das cavernas: *Por que tanto detalhe, tanta demora? Ninguém vai ler isso aí! Ninguém!*

Mas — é incrível! — Matozo dormia sorrindo.

Matozo acendeu um cigarro, ajeitou-se na cadeira — um belíssimo ponto ótimo, 87 por cento de azul sobre 13 por cento de verde — e soprou a fumaça para o alto, enxotando alguns monstros que de ponta-cabeça incitavam morcegos. Fim!

A SUAVIDADE DO VENTO

J. Mattoso

Folheou a obra carinhosamente datilografada, já na capa de cartolina amarela, sobressaltou-se com um *s* a mais, que corrigiu de imediato — teria de reler tudo de novo, linha a linha, em voz alta, prolongando o prazer! —, e assinou na última página, com uma letra falsa, mas bonita, torneada e leve. Acrescentou a data: setembro de 1971. Os bichos começaram a se animar: um deles correu ao toca-discos, mostrando a capa do Pink Floyd; Matozo ligou o som. Outro, sem cabeça, puxava-lhe as calças, apontando o dedo peludo em direção ao penúltimo Johnnie Walker, enquanto um terceiro tentava inutilmente abrir a geladeira para pegar as pedras de gelo. O resto — uma tropa animada com o reinício da guerra — divertia-se ensaboando um copo vazio da prateleira, que escorregou da mão de Matozo, espatifando-se. Ele pegou outro, empurrando cacos e monstros com o pé. Alguns filhotes esfregavam os cacos no couro, numa louca alegria.

E agora, Matozo?

Voltar ao ponto ótimo, acender outro cigarro, beber em goles moderados e ouvir Pink Floyd. O velho torcicolo praticamente desaparecera; ficou apenas um levíssimo fio, vagaroso na memória. E uma pequena nuvem invadiu o quadro da janela. Ele ajeitou-se, acalmou a nuvem e, recorrendo ao método científico, passou a levantar hipóteses.

a) Entregar *A suavidade do vento* ao Estêvão, para publicação na gráfica.

Os monstros davam cambalhotas e faziam sinal positivo com as mãos. Reprimiam o riso? O fio na memória desceu à espinha, mais espesso, e contraiu algumas vértebras, caprichoso.

Estêvão: Talvez seja melhor você suprimir as páginas 32, 47 e 91. Outra coisa: qual o gênero disso? Poesia? Novela? Crônica? Ensaio filosófico? Eu sei que é o monólogo de alguém que vai morrer, não sou idiota. Mas estive pensando, Matozo: você acha que alguém vai ler isto aí, de uma vez? Veja, o preço do papel está pela hora da morte, a gráfica superlotada de serviço. É melhor a gente publicar na última página do jornal, um capítulo por mês. Em 26 meses você terá publicado tudo. Que tal?

Os monstros se esbofeteavam, felizes, uns enfiando as unhas nos outros, até sair sangue.

E tem outra coisa, Matozo: cá entre nós, você acha que *vale a pena* escrever essa tijolada metafísica? Seja sincero. Pense e me responda. Pegue os dados. É sua vez de jogar.

Os monstros subiam uns em cima dos outros até o teto, mostrando as línguas compridas e roxas — um totem ridente. Depois caíram em debandada para ajudar Matozo a encher outro copo.

b) Escrever a um escritor que eu ame. Clarice, por exemplo! É claro!

Querida... Não. Prezada Clarice Lispector. Sou seu leitor há muitos anos e sua literatura me transformou. Tudo que você escreve me toca e me cala. Sou escritor porque li você. Bem, tento ser escritor — e Matozo chutou com fúria um pequeno monstro sorridente — e... Bem, envio anexo *A suavidade do vento*, que...

A ardência da vergonha. Mendigo das letras. Vire-se!

(Marquinhos batendo na porta, assustado, com o calhamaço nas mãos. *Trouxe só uma parte, professor, para o senhor ler.* Não quis entrar. Fugiu correndo.)

No espelho: você está sozinho e é assim que deve ser. É por isso, só por isso, que você *é*. Ninguém pediu: aguente-se!

Por que você não escreve ao Jean Genet?

Espantou a gargalhada arremessando o copo contra a parede. Deu um grito surdo e rascante para continuar em pé e jogou-se à escrivaninha, na agoniada busca do ponto ótimo que se perdia: nuvens.

c) Escrever a uma grande editora. Ponto final.

Os monstros se empilharam na cabeça de Matozo, lendo com ele o que ele rabiscava. Prezados senhores. Estou mandando com exclusividade o livro *A suavidade do vento*, para publicação nessa prestigiosa casa editorial. Sou um autor inédito, do interior, e tudo o que preciso é de algum leitor sensível que saiba avaliar as qualidades... as qualidades... as qualidades...

Não conseguiu terminar: os monstros *morriam de rir*, uns sobre os outros, coçando frenéticos as barrigas inchadas em estertores gargalhantes — exceto Estêvão, que avaliava, petrificado na calçada, a remotíssima possibilidade de aquilo dar certo. E você não respondeu! Qual o gênero do que você escreve? Hein? A que gênero você pertence? Responda!

Matozo correu para outro copo, mais gelo, mais uísque. Agora bebia em pé.

d) O Gordo.

Mas por que o Gordo, que nunca leu um livro, lhe daria conselhos?

Procure a Imprensa Oficial, uma Fundação, a Secretaria, até essa Prefeitura de merda serve. Eles publicam, você ganha uma graninha e ainda tem direito a coquetel, talvez até com a presença do secretário. Não precisa nem vender o livro, eles pagam tudo. Um deputado aí te adota e você vai de cidade em cidade fazer conferências sobre a importância da literatura. Ao final, declame um poema, da própria lavra! O povo precisa de cultura, mesmo nesse cu de mundo. Todos saem ganhando. Até eu tiro uma casquinha; ponha na capa: Patrocínio Gordo Ferragens!

Dores insuportáveis na coluna. O nervo da perna deu uma puxada aflita. Arrastou-se à escrivaninha, sentou-se e fechou os olhos. Rezou:

O mundo inteiro é o meu umbigo. Há outra alternativa para quem não crê em Deus? A solidariedade só existe se fruto da razão, não de essência alguma. Mas a razão é uma máquina que se autoalimenta, e em duas canetadas abre outro castelo celeste; dispensa-se a razão para habitá-lo. Tocar o outro. Mas escrevo só para destruir. É para isto que se escreve: para destruir. Não tenho razão alguma para construir nada. Destruir. Instaurar o vazio, não para cultivá-lo, mas para destruí-lo de novo, e assim sucessivamente, como um espelho dentro do outro espelho, até o vácuo absoluto. Imóvel, sufocado, à flor da pele, resto eu. Nesse ponto, nenhuma tentação de recomeço, nenhuma semente viciada. Não se entregar. (É isso que eles querem.) Destruir sem finalidade: eis o cerne. Que não sobre nada; que a linguagem não reste em nenhum de seus estratos conhecidos; o ritmo nasce, e convenciona-se, e esclerosa-se — deixe-o, latente. Ou...

Suor frio: era ele que falava ou *A suavidade do vento?*

Os monstros, entediados, palitavam os dentes caninos com as pontas das unhas negras. Um deles dormiu, chupando o dedão do pé. Matozo acalmou-se — um vazio estranho, de olhar a janela e ver apenas o vidro. Moleza no corpo inteiro, dores preguiçosas e ocas. Exaustão: tantos anos de suavidade do vento! Quantos meses perdidos atrás de um parágrafo singular? Depois, jogar general, aliviado, como quem aprisionou mais um trecho de um universo possível.

Resolveu abrir o I-Ching.

17. SUI / SEGUIR. Os monstros se sobressaltaram. *Onde há entusiasmo, haverá certamente um acompanhar. O SEGUIR não admite velhos preconceitos.* Debandada dos monstros, em meio a uma surda gritaria e bater de dentes. *SEGUIR tem sublime sucesso. A perseverança é favorável. Nenhuma culpa.*

E nenhum monstro também, Matozo descobriu olhando em volta. Seguir, é claro! Lembrou-se vagamente de um anúncio no *Pasquim*. Qualquer coisa relacionada com edição de livros. Seguir. Puxou uma pilha de jornais velhos do alto do guarda-roupa, respirou o pó vermelho, sentou-se no chão e passou a conferir página por página. Até encontrar:

LUA LIVROS LTDA.
Nós publicamos o seu livro!

Leu, aflito. Bastava mandar o original da gaveta para o Conselho Editorial e esperar. Não havia nome de ninguém: só o número da caixa postal, São Paulo, capital. Picaretagem?

— Não deve ser! — convenceu-se imediatamente Matozo, de novo enchendo o copo e acendendo um cigarro.

Seguir! Não custava nada experimentar. Uma solução despretensiosa e discreta. Fumou o cigarro até o fim, fechando os olhos em cada tragada. Num momento quase foi derrotado por um delírio louco: começou a ver o livro impresso e uma cadeia impressionante de respostas, cartas do Brasil inteiro, multidões devorando *A suavidade do vento*, mas desta vez apertou a cabeça com as duas mãos:

NÃO! FAÇA SÓ O QUE VOCÊ ESTÁ FAZENDO! VEJA APE-
NAS O QUE VOCÊ ESTÁ VENDO! Assim: colocar papel na
máquina e bater direto.

Prezados senhores:

Sou um autor inédito e estou enviando *A suavidade
do vento* para avaliação do Conselho Editorial e eventual
publicação pela editora.

Agradeço a atenção.

J. Mattoso.

Acrescentou o endereço, tirou o papel da máquina e
releu o texto. Perfeito! Simples e direto, sem nenhum estar-
dalhaço. Se a Força estava com eles, todos eles, necessário
harmonizar-se com o vento, ser o vento, suavemente. O vento entranha-se em tudo. A sua força é a ausência. No vazio
e no silêncio da casa, colocou os originais e a carta num
envelope, fechou-o e contemplou-o. Em seguida, pegou a
segunda via, apalpou-a com carinho e trancou-a na gaveta.

Pronto. Na manhã seguinte dispensaria a última turma
quinze minutos antes, de modo a pegar o correio aberto.

Há alguns indícios de que ele estava feliz: tomou um
banho demorado, quentíssimo, vestiu roupa limpa e foi
ao Snooker Bar comer alguma coisa e jogar general com
os amigos. E o principal sintoma: antes de fechar a porta,
contemplou os destroços do seu espaço e decidiu, com a
energia dos felizes: amanhã mesmo faria uma limpeza
completa naquele caos.

Como se podia prever, em respeito à verossimilhança não houve nenhuma limpeza radical no dia seguinte, daquelas de iluminar a vida; o auto de fé da noite anterior se contentou, nas semanas subsequentes, em manter a geografia um pouco mais habitável, jogando fora este ou aquele jornal velho e meia dúzia de garrafas vazias, tirando o pó da escrivaninha com um pano úmido e às vezes até lavando a louça acumulada na pia. Quanto à roupa suja, seguia o ritmo: uma certa dona Genoveva se encarregava dela a preços módicos, todas as semanas. O alimento habitual do nosso amigo, além do prato feito, das coxinhas e do uísque, passou a ser a espera, uma espera sem muita angústia. Essas coisas demoram. Até o pessoal ler o livro, avaliar, calcular riscos e custos e enviar a resposta... leva tempo! E a espera, ainda que Matozo continuasse o mesmo professor meticuloso corrigindo trabalhos e redações linha a linha, teve um sabor de férias. A ponto de, nos picos alcoólicos e eufóricos, desconfiar de que já podia morrer: escrevera a sua obra, e o resto é o resto. É verdade que às vezes sonhava com um segundo livro, olhando de viés uma página em branco e vivendo a vertigem curta da tentação — mas dele nunca escreveu uma única palavra. Transformava-se num homem sem assunto! (Talvez, mas isso é só especulação, houvesse lá no fundo daquele branco a primeira frase de uma outra obra, maturando devagar, da qual nem ele tivesse consciência. Matozo era lento!)

Assim, era inútil ficar à janela da frente vendo o carteiro descer a rua, parar aqui e ali, entrar no Boliche, sair do Boliche, conferir um endereço, um número na parede, e depois passar adiante e dobrar a esquina para nunca mais — até o outro dia. Era inútil e danoso. Nos vinte dias que Matozo dedicou a essa experiência, entre duas e três da tarde, mais para esticar as pernas do que propriamente pelo carteiro, a coluna deu sinais eventuais de dor, certamente pelo peso dos monstros pendurados no seu pescoço para assistir com ele a mais uma passagem casual do correio. Irritava aquilo, não tanto pela ausência de carta — essas coisas demoram —, mas pelas apostas que os monstros faziam uns com os outros, numa discussão acalorada e sarcástica. *É hoje! Não, vai ser na terça que vem! Que nada! Vai ser no ano que vem! Nunca! Vai chegar daqui a trinta e dois mil dias! Ah ah ah!*

Para que alimentar aqueles bichos asquerosos com pão de ló? Muito melhor voltar à escrivaninha, acender outro cigarro e corrigir provas. E foi justamente numa tarde dessas, ocupado com o plural das palavras compostas, que ouviu um ruído na porta. Virou-se para esmurrar algum monstro avulso e... LÁ ESTAVA A CARTA!

Sorria: envelope largo, com o timbre no alto, à esquerda: LUA LIVROS LTDA.

Não abriu imediatamente. Primeiro — contrariando, como de costume, a lei de nunca beber à tarde — encheu um copo de Black & White, com duas pedras de gelo, ajeitou-se na cadeira, construiu um ponto ótimo na janela, com belos volumes brancos de nuvens, e leu:

São Paulo, 25 de outubro de 1971.

Caro Senhor
J. Mattoso
Ref.: A suavidade do vento

Temos a grata satisfação de informá-lo que o seu livro A suavidade do vento foi aprovado para publicação. Estamos enviando anexo cópias do contrato com os detalhes da edição. Caso o senhor esteja de acordo, por favor remeta-nos a 1ª via devidamente assinada e o cheque que se refere o Art. 3º.

Sem mais para o momento, subscrevemo-nos com nossos protestos de elevada estima e profunda consideração.

Atenciosamente,
LUA LIVROS LTDA.
Ana Maria Margarida
Secretária Executiva

Ordem de pagamento!?
Matozo desdobrou febril o contrato. Lá estava:

Art. 3º. O Autor desembolsará, no ato de assinatura deste contrato, uma quantia em cruzeiros referente ao custo de 300

*(trezentos) exemplares, dos 1.200 (hum mil e duzentos) do
total da edição, que será devolvida em parcelas semestrais,
na proporção da venda dos livros, sem prejuízo dos direitos
autorais de que trata o Art. 5º deste contrato.*

E quanto era a quantia? Pulou artigos até descobrir: o
equivalente a quase dois salários! A velha rede de nervos
esmagou as costas de Matozo dolorosamente, ao mesmo
tempo que uma procissão de monstros começou a desfilar
na sua frente dando cambalhotas alegres de demonstração.
Incontrolado, Matozo passou o braço feito foice pela mesa,
derrubando provas, monstros, livros.

Esvaziou o copo e encheu-o de novo, agora sem gelo. O
uísque desceu queimando — mas começou a pôr as coisas
no lugar. Voltou à escrivaninha e fechou os olhos. Queria o
que, afinal? Um borra-botas desconhecido que mora no fim
do mundo que escreve um livro para meia dúzia de leitores
— e queria tiragem de 15 mil exemplares, com prefácio do
Jorge Amado, orelha de Érico Veríssimo e adiantamento
de 30 mil dólares?

Tudo tem um começo. Além do mais, é óbvio que eles
gostaram do livro. A secretária executiva não iria se incomodar de assinar pessoalmente a carta, *já com a cópia do
contrato*, se o livro não valesse o risco. Está certo que eles
foram um pouco... *secos*. Mas isso é assim mesmo, toma lá,
dá cá, não tem conversa fiada. É uma empresa. E depois,
que remédio? Pense bem. A gráfica do Estêvão? Nunca.
Aquele idiota teria de engolir o livro, editado em São Paulo,
por uma editora grande. Bem, grande não, mas de médio
porte, já estabelecida, que anuncia em jornais importantes,

uma empresa sólida que tem até secretária executiva e máquina de escrever elétrica com fita de polietileno.

Enquanto Matozo ponderava, sua mão ia dando bordoadas nos monstrinhos que faziam fila diante dele, cada um com uma senha sorridente: Margarida é nome real ou falso? Você já viu algum livro dessa editora? O endereço é uma caixa postal? *Cheque que se refere, enviando anexo cópias*, isso é português de editora? Hei! 25 de outubro não foi domingo?

Monstros idiotas, estúpidos, invejosos, derrotistas.

Matozo reclinou-se, contemplou o desastre em torno, canetas, provas, livros no chão — e viu o I-Ching aberto, lombada para cima. Um aviso: consultar o Oráculo, é claro! Assinar ou não assinar o contrato? Pegou o volume do chão e leu:

26. TA CH'U / O PODER DE DOMAR DO GRANDE

Os olhos frearam com mal-estar no "nove na primeira posição": *O perigo ameaça. É favorável desistir.* Fechou os olhos — doíam as costas — e voltou a ler, já irritado. *Um homem desejaria realizar um vigoroso avanço, mas as circunstâncias lhe apresentam um obstáculo. Ele é contido com firmeza. Se tentar forçar um avanço, isso o levaria ao infortúnio. Portanto, é melhor controlar-se e esperar até que surja uma possibilidade para dar vazão às forças acumuladas.* O pior de tudo: *Os eixos da carroça foram retirados.*

Fechou com fúria o Oráculo, que resolvera se juntar aos monstros para acabar com ele. Acendeu um cigarro: era hora de pensar friamente, sem se deixar levar pela emoção ou por esses desígnios misteriosos e esotéricos. Concentrou-se na janela, atrás do ponto ótimo, que se organizou rapidamente, nas cores exatas, um bom sinal!

Levantou-se, subitamente decidindo o que já estava decidido desde o começo: assinaria o contrato. A única coisa que faltava resolver, ponderava ele enquanto enchia outro copo, era o dinheiro. A essa altura, um pequeno detalhe operacional: como conseguir o dinheiro?

Talvez escrevesse à editora fazendo uma contraproposta, oferecendo parcelas mensais até completar o devido. Não. Isso era demorado e incerto. E — cochichou um monstrinho grudado no seu pescoço — a editora pode falir antes de receber a última prestação. *Se é que a editora existe.* Há outras soluções, apressou-se ele, bem mais razoáveis. Por exemplo?

Nada de angústia. Aplicar o método científico, dissecando as hipóteses.

a) O banco. Mas com que argumento pediria um empréstimo daquele porte? Imediatamente urdiu a trama: viajaria a Foz do Iguaçu, passaria um telegrama a ele mesmo, assinado por uma tia-avó qualquer, em vias de receber uma herança, solicitando empréstimo de peso para uma operação urgente do... pulmão, talvez?, sem a qual morreria em uma semana, de modo que...

Não continuou. Ouvia as gargalhadas do gerente, lendo o telegrama em voz alta, com monstros e funcionários em torno fazendo eco.

b) Propor uma edição conjunta com Estêvão, que financiaria parte...

Melhor morrer inédito.

c) Levantou-se, sem assunto, e foi abastecer o copo. Os nervos aproveitaram o instante vazio para alfinetar suas costas. Largar essa merda e ir jogar general. *Não vou morrer por isso.* Até podia morrer: o livro já estava pronto. Talvez o Oráculo tivesse razão: *É favorável desistir.* Tentar outra editora, com paciência.

Encostou-se na pia, massageando o pescoço, e olhou a escrivaninha atravessada por uma faixa de sol — ele via a dança lenta do pó brilhando em suspenso.

Súbito, largou o copo e arremessou-se à gaveta, pisando em monstros: as fichas do cassino! Arrancou a gaveta, virou tudo no chão e catou as cinco fichas esquecidas. Estava rico!

Aquilo foi o início de uma febre sonambúlica, robotizada e feliz que começou inexorável naquele instante e só se apagou quando afinal veio o sono, às quatro da madrugada.

Assim:

Matozo se arrumou às pressas, escovou os dentes, penteou o cabelo, pegou os documentos, as fichas, uns trocados, fechou a porta, disparou escada abaixo, correu ao posto do outro lado do asfalto, pediu carona a um fusca que abastecia, desembarcou em Foz, atravessou a pé a ponte da Amizade, e de Puerto Stroessner, já noite, foi caminhando até o Casino Acaray — tudo sem fumar um único cigarro!

Um breve terror entrou com ele — *é favorável desistir* —, mas Matozo não deu tempo a nada. Encostou na primeira mesa e arremessou uma ficha no zero. Era preciso capital de giro. Suado, exausto, viu a bolinha pipocar caprichosa antes de parar no zero. Profissional, empilhou as trinta e seis fichas diante de si. Pegou as outras quatro do bolso e arriscou na primeira dúzia. Sete. Colocou o que ganhou na mesma primeira dúzia — deu nove. Trocou uma pilha de fichas menores por algumas quadradonas, pesadas, que pareciam mármore, e apostou no vermelho. Deu. Passou tudo para o preto — e deu preto. Conferiu: quantas páginas de *A suavidade do vento* já estariam ali? Umas oitenta, em papel-cuchê, capa com seleção de cores!

Isso está ficando monótono! Vamos dar uma olhada na pequena multidão de chatos que se apinha em volta dele, e perceber as cotoveladas que o próprio Matozo — o Matozo dando cotoveladas é incrível! — dá nos que se encostam demais, figuras de olho gordo, ramelento e invejoso nas pilhas que ele tem diante de si. Recuando um pouco mais a câmera, vemos a doce Madalena tentando abrir caminho em direção ao amor de sua vida, que finalmente voltou para seus braços! Ele sentiu primeiro o perfume, depois a mão quente na cintura, e só então o carinho da voz:

— Jordan, é você?

Jordan Mattoso beijou-a na testa, a princípio com ternura; mas logo em seguida o seu viés corrosivo decidiu que aquela praga daria azar. Antes que fosse tarde, entregou a ela duas fichas pesadas de madrepérola e despachou-a com simpatia, lançando no ar promessas inefáveis que a deixaram arrepiada e feliz, a caminho do 21 para torrar o presente. De fato, deu azar: perdeu no preto e no vermelho, e em seguida na terceira coluna; mas um zero providencial abarrotou-o novamente de fichas. Mais adiante, três acertadas em números cheios tranquilizaram-no definitivamente. Ganhava em espasmos gordos: perdia aqui e ali, como quem testa a roleta, e logo uma golfada de sorte dobrava o patrimônio. Ao perceber que o garçom insistia demais em oferecer uísque e que dois ou três seguranças soturnos rodeavam a mesa, decidiu recolher a arca dos tesouros e trocá-la no guichê. Não era tanto assim, numa avaliação mais fria, mas era muito para ele: enchia os bolsos de dinheiro suficiente para *A suavidade do vento*, ainda com troco equivalente a várias dúzias de garrafas de uísque — e quem sabe sobrasse para liquidar a dívida do Gordo? Estava trêmulo, feliz, uma tensão esquisita mas saborosa.

Agora sim, poderia namorar Madalena!

Ela não viu Matozo se aproximando. Os dedos vacilantes punham a última ficha sobre um rei. Veio um quatro. Ele torceu para que ela perdesse de uma vez, tinha pressa de namorar. A próxima carta era um ás; em seguida um sete, e acabou o jogo.

— Vamos tomar um martíni?

Um susto feliz:

— Jordan!?

— Como foi no 21?

— Não era minha noite. Ainda bem que você ficou para me consolar. E você?

— Assim assim. Não tenho queixa.

Um homem elegante, seguro; uma bela postura! Daria até para dizer: um homem bonito! Madalena desabotoou e abotoou o botão da camisa dele.

— Algum plano especial, Jordan?

— Beber um martíni. Que tal?

— Eu adoraria!

Mattoso enlaçou-a:

— Você está linda, menina.

Ela sorriu, feliz, apertando-lhe a cintura, e deixou-se conduzir. Passaram abraçados pelos caça-níqueis.

— Esperei você tantas noites...

— Não pude vir. Mas pensava em você.

Um beliscãozinho maroto:

— Seu mentiroso.

— Verdade!

Subiram as escadas.

— Eu imaginava que você nem se lembraria de mim. Você estava mal naquela noite! Chegou bem em casa? Fiquei preocupada!

— Chegar eu cheguei. Mas não foi a minha noite.

— Ainda bem que tudo passou. E você está aqui.

— Juntinhos.

E se apertaram um segundo, antes de se acomodarem à mesa do bar, de mãos dadas. Um cantor de ópera, dos bochechudos, cantava com força uma canção paraguaia. Madalena encostou a cabeça no ombro de Matoso:

— Linda, essa música...

O garçom se aproximou, solícito. Ela pediu campari; ele, um martíni com cereja e duas carteiras negras de John Player Special, que impressionavam pela beleza. Acenderam os cigarros, beijaram-se, sorriram e brindaram.

— E o seu marido?

— Esqueça. Você não quer estragar minha noite, quer?

Ele negou com veemência. Como prova, beijou-a novamente, agora com decisão, experimentando. O batom tinha sabor de uva. Ela riu, lampeira — *Ficou manchado, querido!* —, e limpou os lábios dele com um lencinho. Riram, brindaram de novo e beberam de novo. Ela queria saber:

— Você não me disse ainda o que faz.

— Não disse? Sou escritor. Hoje mesmo fechei contrato com uma editora de São Paulo.

— Mesmo!? Que maravilha! Adoro ler livros.

Ele ficou mais feliz ainda. E que sensação exótica soltar a voz e entrar no ritmo de uma conversa!

— Verdade?

— Huhum. Qual o nome do livro?

— *A suavidade do vento*.

— *A suavidade do vento*? Lindo! É uma história de amor?

— Sim. Pode-se dizer que sim.

— Hum... quanto mistério! — Parecia encantada, olhando nos olhos dele. — Estou curiosíssima! — Tateou: — Vou ganhar um exemplar?

Ele soprou demoradamente a fumaça do cigarro.

— É claro, meu anjo. Você é meu talismã.

Uma delícia aquele namoro, falando a língua de filme dublado, as mãos dadas, bebericando civilizadamente um martíni. Lembrou-se de Marquinhos. Uma conversa com ele seria tão agradável assim? Amanhã mesmo leria os seus poemas. Seria severo no julgamento. Severo, mas justo. É o que se espera de um escritor maduro. Por exemplo: *Gostei de* Elegia. *Mas* Prece *é um rosário de chavões*. E daria conselhos. Talvez assim: *Escreva sobre o que você sente. É isso, só isso, que faz a literatura. O resto é chatice*. Sentiu as pernas de Madalena roçando as suas, o carinho dos dedos nas mãos dele. Nem chegava a ser ansiedade:

— Algum plano para o final de noite, Jordan?

— Está tão gostoso aqui!

Nenhuma decepção aparente:

— É verdade.

E aninhou-se em Mattoso. Ele ponderava, sem angústia, buscando o perfeito equilíbrio: valeria a pena arriscar assim uma primeira vez? Um homem de tantas páginas e ainda virgem? Por que não? Um homem virgem é um pássaro raríssimo! Olhou carinhosamente para Madalena, tentando adivinhar se o ritmo doce daquele encontro funcionaria com os dois nus, colados, arfantes, apaixonados. Na cama a perfeição é mais difícil. Lembrou-se súbito do Oráculo: *É favorável desistir.* É claro! Tratava-se de um aviso premonitório! O PODER DE DOMAR DO GRANDE. Certíssimo.

Puxou Madalena contra si, suave, para um beijo demorado.

— Minha querida, tenho de ir.

Ela protestou, mas não a ponto de estragar a cena. Compreensiva:

— Você volta amanhã?

— Volto.

Olhos nos olhos. Outro beijo, com a exata tensão da despedida. Justificou-se, sem exagero, uma consulta neutra ao relógio:

— Hoje tenho um compromisso sério.

Ela cochichou:

— Não é nada... ahn... *ilegal*, não? Tome cuidado, Jordan.

Como se fossem bem casados há trinta anos! Ele riu gostoso, sem medo do Paraguai. E não desmentiu, gozando a ambiguidade:

— Não se preocupe. Sei me cuidar.

Deixou duas notas polpudas na mesa e levantou-se.

— Você paga o garçom? E depois arrisque no 21 por mim.

Da porta ele contemplou alguns segundos a figura bela e solitária de Madalena, rosto apoiado na mão. Na mesa vizinha, um homem igualmente solitário, cigarro entre os dedos, parecia interessado nela. Sentiu uma pontadinha de ciúme e desceu a escada, vivendo o prazer tranquilo da melancolia. Pegou um táxi, um velho e charmoso Studebaker, e acomodou-se no banco de trás, mais um sofá íntimo à meia-luz. Sentia na perna o roçar espesso do dinheiro no bolso, criando uma rara sinestesia. Passou numa loja, abasteceu-se de uísque e cigarros, e atravessou a ponte da Amizade. Em Foz de Iguaçu, pegou um ônibus.

Às quatro da madrugada, já na cama, fechou os olhos e dormiu.

Agora dou fé: aquelas horas haviam sido as mais palpavelmente felizes de sua vida.

Matozo reclinou-se na cadeira, esticou as pernas, ergueu-as de um golpe num movimento circular e jogou os pés na escrivaninha, esmagando a cabeça de um monstro distraído. Via o ponto ótimo não mais no quadro da janela, mas na moldura das solas do sapato, tesoura aberta para o céu. Só então abriu a carta.

São Paulo, 14 de novembro de 1971.

Caríssimo senhor
J. Mattoso
Ref.: A suavidade do vento

Acusamos o recebimento da ordem de pagamento referente à edição do livro **A** suavidade do vento *(recibo anexo).*

Outrossim, informamos que o prazo médio de nossas edições é de 6 (seis) meses, podendo haver variação, para mais ou para menos, em função de circunstâncias alheias à nossa vontade. Tão logo o livro saia da gráfica, lhe enviaremos os 10 (dez) exemplares a que V. Sa. tem direito.

Sem mais para o momento, apresentamos nossos protestos de elevada consideração e profunda estima.

Atenciosamente,
Ana Maria Margarida
LUA LIVROS LTDA.
Secretária Executiva

Mais seis meses, amável leitor!

Seis meses — e me vejo na tarefa ingrata de distraí-los daquele tédio ao longo de um entreato. Para comodidade descritiva, invento que a sequência cotidiana se manteve inalterada em sua estrutura e geografia: DESPERTADOR — AULAS — REFEIÇÃO — LEITURA — CORREÇÃO — BEBIDA — GENERAL — BEBIDA — SONO. O método é flexível o suficiente para permitir o encaixe de pequenas variáveis, aqui ou ali, hoje ou depois de amanhã (por exemplo: o desejo de rever Madalena; a vitória contra o desejo, pela força da Razão); e funcional o bastante para imitar a passagem do tempo em poucas linhas. De fato, para imitar uma vida inteira, com pequenas mudanças periódicas, não fosse tão brutal o resultado desse delírio objetivo e tão distante da fidelidade pretendida.

Mas é grande a tentação descritiva científica, ou mais propriamente *teogônica*, como se as coisas não dependessem de um olho que vê. O Natal, por exemplo, essa inescapável exuberância da cristandade. Tudo indica que a transcendência da festa anula, por si só, a cadeia miúda de pequenos fatos e reduz a nada a pretensão rasa do método. Sim, quebra de estrutura, mas até o Galo diria que se trata de uma quebra que se repete, intensivamente, no ponto x de um ciclo maior (os doze meses do ano). Um pequeno gráfico provido de setas resolveria isso.

Bem, nada como um caso concreto para testar a hipótese. Vejamos nosso amigo Matozo.

O Natal se aproxima perigosamente; a cada signo natalino — um pinheirinho, um papai-noel, uma vitrine nevada — crescem as dores da coluna e as pontadas no pescoço; multiplicam-se os monstros e os cogumelos da madrugada insone; avizinha-se um intangível abismo; ameaçam-se os presentes com fitas, os sorrisos com dentes, os abraços comovidos, apertando exatamente aquele nervo que nunca está no lugar! Nosso amigo evita sair de casa; bebe o dobro, o triplo; refugia-se nos livros; passa uma semana sem aparecer no Snooker Bar, cuja pureza bruta também está contaminada de trenós de isopor e purpurina verde. Mas ele é fraco, não resiste; trôpego, grudando nas paredes para não ser visto, entra no bar e tenta jogar um general purificador, dois ou três dias antes da Grande Noite; e o Gordo, o velho amigo Gordo da loja de ferragens, a quem ainda deve dinheiro, convida-o de um golpe mortal para a Ceia. (Nesse instante, como Matozo suplicou por um parente longínquo! Alguém lá longe, numa colina amarela, que ele pudesse visitar em silêncio! Um único parente que fosse!)

— Não seja chato, Matozo! Fica aí gaguejando! Você é de casa, chega lá para uma boca-livre, peru e cerveja! Você não tem ninguém no mundo e empina o beiço com ares de marquesa, fazendo cu-doce. — Passou os dados. — Joga aí.

BLUM BLUM BLUM BLUM PRACT!

(Tinha *A suavidade do vento*, que a cada dia ganhava uma nova capa, um novo tipo de letra, um papel mais brilhante, em alguma gráfica secreta de São Paulo. Que espera angustiosa! Ninguém sabia ainda, mas saberiam quando o verdadeiro Matozo — o Mattoso — se revelasse!)

Confirmada a hipótese, outra pequena estrutura se repete — a da fuga. Já acordamos em que Matozo não tem filhos, outra boa razão para o Natal lhe parecer um suplício, exatamente na virada da meia-noite, em torno da mesa farta e da parentada alheia, com as velas sinistras acesas e aquela reza desafinada em torno de Jesus Cristo — e depois, talvez aí o detonador, a chegada do Gordo vestido de papai-noel com um saco às costas. Matozo foi recuando para a sombra, atravessou a cozinha, onde largou o décimo copo de uísque, passou ao quintal, de lá para um terreno vazio e daí finalmente à escuridão libertadora da noite sem estrelas, que o levou para longe, mais longe, de modo a contornar a cidade de volta ao quarto sem correr o risco de encontrar um semelhante, o mais remoto que fosse — e todo esse silêncio foi coroado por uma explosão espetacular de fogos de artifício.

— Como vai o nosso Houdini e suas Fugas Sensacionais? — esmagou-o Estêvão numa esquina súbita, dois dias mais tarde.

Dez horas da manhã, ele tinha acabado de acordar e o sol batia nos olhos.

— Fuga!?

— O Gordo me contou. Diz que quando acenderam a luz você tinha evaporado! Tiveram de explicar para as crianças que você era o anjo Gabriel, ah ah!

Vergonha. Assim: à luz brutal do sol.

— Eu... não me senti bem... e...

Mas Estêvão dispensou-o amavelmente da explicação.

— Falando sério, agora. Que tal passar o trinta-e-um lá em casa? A mulher vai preparar um porco assado, que fuça pra frente e dá sorte.

— Obrigado, eu...

— Nem invente desculpa que eu sei que você não tem porra nenhuma pra fazer. E tem mais: vou te amarrar numa cadeira com corrente e cadeado. Dessa você não foge. Que tal?

Matozo mudou de tática, desviando os olhos do sol.

— A ideia é boa, Estêvão. — Até sorriu! — Eu chego lá. Obrigado, Estêvão.

— Vai mesmo?

— É claro!

É claro que ele não foi. Mas não sentiu mais conforto por isso; uma intuição paranoica, porém correta, decidiu que viriam buscá-lo em casa. Já às nove e meia da noite ele trancou a porta, apagou todas as luzes, ligou o Pink Floyd baixíssimo e de olhos abertos deitou no chão, que a coluna doía. Assim ficou, pressentindo o murmúrio de monstros que se trombavam no escuro. Antes da meia-noite vieram buscá-lo. Eram três vozes, e batiam:

— Matozo! Ô Matozo! Eu sei que você está aí!

Uma orelha roçou a porta:

— Tem um som aí dentro.

— Será que ele saiu? Está tudo apagado.

— Ou dormiu.

— Então antecipou o porre.

— Ele precisa é botar um corrimão nessa escada. Um dia ele se esborracha.

Mais batidas.

— Acorda, poeta!

Silêncio.

— Mas eu não entendo. Você não convidou o sujeito? Ele que vá, se quiser.

— Ele quer, mas não vai. Só amarrado. É louco. Eu queria que vocês conhecessem.

— Então deixe um bilhete.

— Isso. Tem papel?

— Papel de cigarro.

— Opa! Cuidado aí que a gente vai direto pro chão. Ó, a caneta.

As cidades precisam de loucos para que se sintam normais, filosofou Matozo, mal respirando no escuro. À falta de alguém mais típico, servia ele mesmo. Ou Matozo delirava que é possível viver por conta própria? Era um homem integrado, submetido a regras precisas, quisesse ou não quisesse, com ou sem a suavidade do vento, pouco importa — divagava ele à escuta, refugiado na melancolia. Esperou que se afastassem e esperou mais um longo tempo de segurança, até acender a luz e ler o bilhete tosco: ESTIVE AQUI FELIZ ANO-NOVO *Estêvão*. Quase em seguida aconteceu a entrada triunfal de 1972, com fogos explodindo demorados — e isso naquele fim de mundo! Onde mais poderia se esconder? Fechou os olhos, astronauta, vendo o globo inteiro explodindo de hora em hora ao sabor do fuso horário, até completar o giro. Voltou à Terra, acendeu um cigarro, sentou-se à escrivaninha e descobriu um ponto ótimo móvel, luzes que subiam, esfarelavam-se e sumiam, concentrando-se e dispersando-se até que pouco a pouco a janela se encheu de escuridão. A melancolia, como se treinada, transformava-se em prazer, para desespero dos monstros, subitamente desocupados. Prazer em fugir de Estêvão, prazer em estar sozinho. E um começo de euforia, com a ideia simples de consultar o Oráculo na passagem de ano. Luz acesa, abriu o Livro. *A luz mergulhou no fundo da terra: a imagem do OBSCURECIMENTO DA LUZ. Assim, o homem superior convive com o povo. Ele oculta seu brilho e, apesar disso, ainda resplandece.*

Fechou imediatamente o I-Ching e, sorrindo, foi preparar um saborosíssimo uísque, retomando a estrutura da sequência original, como queríamos demonstrar.

Variáveis nos meses seguintes:

a) abertura de uma discreta caderneta de poupança;

b) Madalena vista de relance num carro azul-veloz;

c) troca do bujão de gás;

d) nenhuma visita do Marquinhos;

e) um aviso do correio.

Desta forma, triunfa a ciência: nosso amigo Matozo, como vocês já perceberam, é uma *hipótese*, e sua vida, *um mundo possível*. Ora, é evidente que é uma hipótese! Até um esbarrão sabe que dois corpos não podem ocupar o mesmo espaço ao mesmo tempo. E daí? Se é justamente o fato de que eles *ocupam* o mesmo espaço ao mesmo tempo que interessa!

Basta; passaram-se seis meses.

Segundo ato

A última aula foi ansiosa; nada indicava que aquelas burras fariam os exercícios solicitados até onze e quarenta, como seria o ideal, ou até onze e quarenta e cinco, no máximo, de modo que ele pudesse recolher as folhas e sair atropelado a tempo de pegar o correio aberto. Pessimista, previa a cena: o funcionário mal-humorado descendo a porta de ferro, gancho à mão, e se recusando, mole mas tenazmente, a reabrir a porta e entregar o pacote prometido pelo aviso do correio. E o aviso era claro: *ORIGEM: SP.*

— Estão terminando?

— Professor, são onze e meia ainda!

É sempre assim: se ele não precisasse sair mais cedo elas já estariam se agitando e bocejando e empilhando cadernos e fazendo tudo que estivesse ao alcance delas para transformar as orações subordinadas numa papagaiada idiota, até que o tolerante professor Matozo desistisse. *A suavidade do vento* estava ali, a quatro quadras do colégio; mas ele tinha de esperar que as alunas distinguissem as orações coordenadas explicativas das subordinadas causais. Bastava escrever ao lado de cada uma delas CE ou SC, conforme o caso. Se ele tivesse avisado que aquilo não valia nota — ou que não valia nada, irritava-se Matozo —, a sala já estaria vazia; mas como ele deixou no ar, por força do hábito, que talvez o exercício fosse considerado no conceito do bimestre, as alunas se esforçavam para acertar de fato e para colar o que não soubessem. Isso leva tempo! E havia um problema suplementar, agoniava-se Matozo, que era sair sem ser visto. A ordem expressa do diretor tinha sido clara: não se admite dispensa de turma antes do meio-dia. A opção era esperar as duas horas da tarde para ir ao correio, mas vocês sabem como é o Matozo; ele simplesmente não aguentaria esperar duas horas — duas horas e vinte, confirmou no relógio —, sabendo que o livro que ele levou anos para escrever está na prateleira do correio criando pó. Também — e Matozo olhava pela janela o dia azul — o irresponsável do carteiro deixou o aviso com a vizinha, que, é claro, só entregou a Matozo à noite, aproveitando a porta entreaberta para vistoriar a sujeira do locatário; aliás, já bêbado às oito da noite e ouvindo o mesmo disco que ouvia há dois anos.

Agoniado, convencendo-se de que elas não acabariam o exercício em tempo, Matozo decidiu:

— Completem o exercício em casa.

Nem tiveram tempo de se espantar com a generosidade: o professor desapareceu de mansinho, resvalando pelo corredor e disparando escada abaixo de três em três degraus até quase derrubar o diretor — logo o diretor! — na última curva.

— Calma, professor!

Gaguejou uma desculpa, tragédia armada, e avançou inexplicado, mas teve de parar:

— Matozo!

Voltou-se, pálido. Que vergonha! Um homem de mais de trinta anos agindo feito um moleque! (Ou feito um louco? Talvez fosse melhor: costuma-se deixar os loucos em paz.)

— Depois preciso falar com você. Não, não; hoje não. Semana que vem.

Uma expressão indiferente, traduziu Matozo: nem cólera, nem sorriso. Fugiu rápido — o diretor ainda acrescentava alguma coisa? —, correndo no pó, até chegar resfolegante na pequena agência ainda aberta e com dois fregueses na frente. Respirou. Descobriu um momentâneo ponto ótimo: observar, sem julgar, a lentidão paquidérmica do funcionário, cada gesto movido por uma pilha gasta. Separar um selo de uma folha de selos era tarefa delicada, de um paleontólogo destacando da terra um osso milenar, prestes ao farelo. Antes de pegar o aviso que Matozo lhe estendia, consultou o relógio, suspirando. Mas foi atrás do pacote, fuzilado pelo olhar fulgurante do professor, que assinou o recibo — *J. Mattoso!* — e sopesou o que certamente seriam os dez volumes de sua vida.

— Muito obrigado!

Ao passar em frente do Snooker Bar, lembrou-se do almoço. Resolveu comer em pé dois quibes e duas coxinhas, em gordas mastigadas. Não se tratava de fome, mas de uma atividade preventiva, já que a primeira coisa que fez ao trancar a porta foi abrir uma garrafa de Haig. Preparou uma dose com gelo, acendeu um cigarro, acomodou-se à escrivaninha e abriu o pacote, carinhosamente.

Capas negras, acetinadas. Letras brancas, com margem à direita. Mais ou menos assim:

A

SUAVIDADE

DO

VENTO

J. Mattoso

Abaixo, o logotipo da editora, obedecendo à margem: LUA, o L imitando uma lua crescente. Na quarta capa, um parágrafo do livro, também em letras brancas contra o fundo preto, e mais nada. Bebeu um gole comprido, deu uma tragada demorada. Braço esticado, olhava e reolhava a capa. Outro gole.

— Gostei.

Outro gole.

— Acho que gostei.

Só um pouco... *seca* demais. Um pouco... *funeral* demais. Releu o texto da quarta capa. Atrairia os leitores? Alguns filhotes de monstros, de dedos pegajosos, começaram a escalar as costas de Matozo — também queriam ver o livro. Ele torceu e retorceu o pescoço, numa careta concentrada.

— Está boa. Está boa, sim.

Os defeitos — se é que tais detalhes são defeitos — eram poucos: lombada sem título, estreita e negra; capa sem orelhas, e frágil, começando a virar as pontas assim que

128

saiu do pacote; a economia de uma única cor. Imaginou o livro entre outros livros, exposto no Brasil inteiro: chamaria a atenção? Com certeza, decidiu. É claro que sim! As pessoas entram nas livrarias, olham aqui e ali, pegam este, pegam aquele, até que o olhar é irresistivelmente atraído por aquela capa negra. Largam o que tinham na mão e experimentam *A suavidade do vento*, no início com alguma estranheza — *O que será isso?* —, depois leem a quarta capa, gostam, folheiam, leem alguns trechos ao acaso, *fascinados*, e mandam a moça embrulhar, antes mesmo de perguntarem o preço. A risadinha aguda de um filhote de monstro, a cavalo no seu ombro, obrigou Matozo a se corrigir: Não; fatalmente eles perguntarão o preço — e ficarão satisfeitos ao descobrirem que, além de tudo, custa pouco!

Matozo sacudiu os ombros, derrubando um monstrinho, e foi preparar outra dose. Assim: ele estava *orgulhoso* do seu livro. Olhando a janela de viés — um ponto ótimo cubista —, descobriu os milhares de fios de sujeira que o sol revelava caprichosamente na vidraça e sonhou que talvez *A suavidade do vento* representasse o início de uma completa transformação na sua vida. Inclusive *vida financeira* — mas aqui ele correu de volta à escrivaninha antes que fosse tarde demais e não tivesse forças para controlar o devaneio.

E abriu o livro.

Página de rosto singela: nome do autor no alto, título no meio, logotipo da editora embaixo. No verso, gostou de ver:

Copyright *J. Mattoso*

Lá embaixo o endereço da editora (a mesma caixa postal) e mais nada, além do ano — 1972. E súbito começava *A suavidade do vento*, em tipos sem serifa — assim —, que ele achou bonitos, ainda que a mancha da página resultasse um tanto fria, como texto de lápide.

Nenhum erro de revisão na primeira página! E como fica melhor um texto impresso! Que diferença da datilografia! Ao virar a folha, azedou-se com um *mais* no lugar de um *mas*, e desistiu de ler. Foi folheando ao acaso, testando a textura, cheirando, sopesando a obra. Encontrou uma ou outra vírgula fora do lugar, mas e daí? Todo mundo sabe que, como o próprio Estêvão diz, o diabo mora na tipografia! Os leitores percebem!

No conjunto, um bonito livro!

Conferiu os outros nove volumes, meticulosamente. Um deles — aliás, dois, descobriu em seguida — tinha o corte irregular, de modo que o texto da capa parecia inclinado, mas em linha ascendente, o que não prejudicava em nada o efeito final (ainda que, internamente, a mancha da página resultasse um tantinho fora do esquadro). Mas só nesses dois volumes. O que daria, dois em dez, vinte por cento de...

Levantou-se, mudando de assunto. Enxugou o copo de uma vez e foi enchê-lo novamente, sentindo crescer a euforia.

E agora? Fitou o copo de uísque contra a luz, fechando um olho, e sacudiu o gelo. Agora, era esperar a crítica nos jornais, revistas, suplementos. A editora se encarregaria da divulgação — estava no contrato. Para se certificar, abriu a gaveta e releu:

Art. 7º. A EDITORA reservará 50 (cinquenta) exemplares para fins de divulgação, sobre os quais não incidirá direitos autorais.

Um erro de concordância, mas a informação era clara. Ao Mattoso, bastava esperar. Olhou para a escrivaninha, com entusiasmo. A Grande Faxina começaria hoje. Procurou no papel do pacote se havia alguma carta da editora. Nada; só nota fiscal, prova de honestidade. Tudo certinho, número de exemplares, preço e... preço? Não, é claro que não. CONDIÇÕES DE PAGAMENTO: CORTESIA EXEMPLARES DO AUTOR. Guardou a nota na gaveta, empilhou as gramáticas avulsas e sobre elas depositou o I-Ching. No outro lado, provas das alunas, caixinha de giz, apagador, e as listas de chamada — *que deveriam ter ficado na Secretaria.*

— Ah, que se danem!

Tirou o pó da mesa, detalhista, e colocou as suavidades em pé, com suportes laterais. A quem presenteá-las?

Começaria por Estêvão. O momento exato para uma reconciliação — desde a virada do ano não se falaram mais. Escolheu um exemplar, dos de bom corte, abriu-o na primeira página e tirou a tampa da caneta. Não; melhor fazer um rascunho prévio. Uma dedicatória afetuosa que, além de oferecer o livro, dissesse ao amigo que ele não guardava nenhum ressentimento; que ele recomeçava a vida; que doravante conversariam sempre; que ele, Matozo, era de fato muito diferente da imagem que faziam dele. Bastava ler o livro e comprovar.

Ao Estêvão, que...

Ao amigo Estêvão, que também vive o mundo das letras...

Estêvão, velho companheiro de bar e de papos...

Ao Estêvão, com um abraço solidário...

Para o Estêvão, que tanto tem lutado pela...

Caro Estêvão: com este livro que você tem nas mãos...

Percebeu ruídos surdos e voltou a cabeça: uma pilha de monstros metia as mãos nas bocas inchadas segurando o estouro do riso. Pontadas na coluna. Outro gole de uísque.

Estêvão: eis os meus monstros, que...

Rasgou furioso o papel, ouvindo os monstros soltarem finalmente a gargalhada. Direto no livro, de uma vez:

Estêvão: este aqui sou eu.

Gostou. Gostou mesmo! Mas como assinar? Matozo? Mattoso? Estêvão sabia exatamente como era o nome dele? É claro que sim. E mais: sabia que era *Matôzo*; lembrou vagamente de uma piada ortográfica a respeito, dois ou três anos antes. Se assinasse Mattoso seria pedantismo? Só porque escreveu um livrinho já mudou de nome. Súbita vertigem: *todos* os livros estavam assinados assim! Mas decidiu continuar sendo ele mesmo, o nome de cartório corrigido:

Matozo.

O que era "ele mesmo"? Fechou o livro e foi encher outro copo, tentando vencer a sensação ruim, doída, depressiva que o invadiu. Estava exposto para sempre, por escrito — agora as pessoas tinham provas indiscutíveis. Apontariam com o dedo, nesta, naquela página, cada frase! *Veja só o que ele escreveu*: *está impresso aqui* — e as unhas seguiriam as linhas. Voltou à mesa, agoniado, atrás do ponto ótimo. Azul e verde. Acendeu um cigarro. Cochichou:

— Calma. Você tem a suavidade do vento.

A quem mais daria o livro? Recorreu ao método científico.

a) Gordo. O que ele faria com *A suavidade do vento*? Não importa. Ele iria gostar, mesmo sem ler.

b) Galo. Nem pensar.

c) Diretor do colégio. Política da boa vizinhança. *Ao companheiro de ensino...* Desistiu.

Quem mais?

d) Marquinhos! Mão na testa: há meses com a pasta de originais e não leu mais que cinco ou seis páginas. A lâmina de aço descendo a espinha: um homem dolorosamente, insuportavelmente egocêntrico. Num impulso franciscano, separou a pasta de poemas — leria hoje mesmo, tudo. Amanhã entregaria com os comentários. E com *A suavidade do vento*. Depois pensaria na dedicatória.

e) Bernadete. Bernadete? Como *chegar* nela? Talvez ela já tenha esquecido o vexame da fuga. A pensar.

f) Gerente do banco. Ele que comprasse, se quisesse.

g) Madalena! Sim, Madalena! Reservaria um exemplar e uma noite para ela, no cassino. Levaria pouco dinheiro, para não sofrer muito. No bar, leria trechos em voz alta, e trocariam beijos.

h) Preparou outra dose, acendeu outro cigarro e andou de um lado para o outro. Um andar diferente, lento, simulando uma superioridade tolerante e compreensiva, que pisava em monstros.

Resolveu sair. Colocou o livro de Estêvão num envelope, e mais dois avulsos — talvez, na inspiração do momento, encontrasse alguém a presentear. Ir direto à gráfica do Estêvão. De lá, sairiam para jantar e passariam a noite conversando. Um modo solto de aparar todas as arestas; e Estêvão, finalmente, conheceria o Matozo real. Estêvão ficaria surpreendido diante da metamorfose — e confessaria, bem-humorado: *Sabe que eu já estava pensando que você tinha ficado louco?* Mattoso, boa gente, autorizaria a publicação de um capítulo avulso no jornal, com o anúncio da obra recém-editada da Lua Livros. Aliás, ele deveria deixar uns cinco exemplares à venda na banca. Cinco? Melhor três, ou dois, num primeiro momento, para testar a reação do público. Quem sabe até preparar um lançamento formal? Por que não? Era preciso sair da casca! Poderia ser na escola mesmo, com bebidas e salgadinhos. O pessoal gosta de novidade, principalmente num lugar em que não acontece nada, como ali. Bem, o diretor talvez não gostasse — misturar ensino público com venda de livros. Só se ele mesmo sugerisse. Ou então a própria Bernadete poderia organizar qualquer coisa; menos um lançamento e mais uma confraternização. Quem sabe ela propusesse alguma coisa relacionada ao Rotary, e aí... Ué, por que não? Não tem nada a ver uma coisa com outra, o livro com a opinião dele sobre o Rotary. O Rotary ganharia prestígio cultural e ele conquistaria espaço. (A sombra do Gordo rindo — GORDO FERRAGENS PROMOÇÕES — desceu pelo pescoço e repuxou o nervo de Matozo, que sentiu tontura naquele fim de tarde.)

Subindo a avenida, em poucos segundos a cidade lhe pareceu brutalmente grande, de espaços e gentes desmesurados, muito longe de qualquer contato — e o devaneio se destroçou. O nervo descia à perna, em curtas picadas, quando Matozo viu Estêvão apressado na outra calçada. Num repente de abismo, lançou um grito inseguro:

— Estêvão!

Ele parou, vendo aquele ser arrastar a perna em sua direção. Olhou Matozo a sua frente e não disse nada, uma estranheza esquiva no rosto. Um homem ostensivamente com pressa.

— Dá uma olhada.

Tirou o livro do envelope e estendeu-o ao amigo. Estêvão franziu a testa, como quem não entende.

— Mattoso? É teu parente?

— É... não... eu...

— Você transa esoterismo agora? — Raspou as páginas pelo dedão (zap!) e voltou a olhar a capa. — Eu não sabia que você tinha essa inclinação. — Um olhar intrigado.

Fui eu que escrevi — mas, paralisado, não teve voz nem tempo; Estêvão conferiu o relógio e devolveu o livro, já se afastando.

— Estou com pressa, Matozo. Depois dou uma olhada.

E sumiu. Livro à mão, idiota, Matozo previa o epíteto: *Como vai o nosso Krishnamurti?* Uma dor estranha. Recolocou o exemplar no envelope. Depois apagaria a dedicatória. Ou talvez devesse esperar um momento mais adequado. Melhor: mandaria pelo correio. Ou...

Caroço na garganta. Sensação ruim. Resolveu subir até a banca, tentando pensar em outra coisa.

Ao vê-lo, Maria Louca disparou com um jornal na mão, até paralisar-se pela voz do dono:

— Volte aqui!

Ela voltou-se torta, boca entreaberta, olhos vesgos decifrando sinais. O homem, colérico, não olhava para Matozo:

— Sente no banquinho e fique aí!

Ela obedeceu, uma mecânica sem dor. Olhava Matozo e sorria, congelada. Matozo chegou ao balcão.

— Boa tarde!

Tirou o dinheiro do bolso para pagar o jornal. O homem abriu uma gaveta.

— Professor, tem uma nota aqui, de uma compra de fevereiro. Acho que eu não tinha troco, não me lembro. Mas está aqui: *professor Matozo.*

Matozo não se lembrava, mas não disse.

— Tudo bem. Quanto dá tudo?

O homem fazia as contas e Matozo apalpava o envelope, na dúvida. Recebeu o troco, agradeceu, deu dois passos — e como quem quase ia esquecendo:

— Ah, saiu o meu livro.

O homem não entendeu.

— O livro que eu escrevi.

Estendeu o volume, que o homem segurou.

— Ah, é um livro. Poesia?

Manuseou com cuidado, e algum respeito. Talvez sentisse vergonha por não achar o que dizer. A lâmina voltou a descer pela coluna de Matozo. Ir adiante:

— O senhor por acaso não teria interesse em vender o livro?

— Aqui? Na loja?

— É. Se...

— Professor, o senhor não me leve a mal, mas isso não vende nada. Vai só encher de pó, fazer orelha de burro e ocupar espaço. Depois, daqui a um ano, quando o senhor vier acertar as contas, eu ainda vou ter que pagar o estrago.

— Ele não tinha intenção nenhuma de ofender. Assim: — Para o senhor não dizer que eu estou de má vontade, deixa eu lhe mostrar. — Enfiou a cabeça por baixo do balcão.

— Onde é que está? Ah, aqui. Olhe. — Tirou um pacote imundo de livros, cortou o barbante e mostrou um volume. Capa que um dia foi branca, edição tipográfica, grampeada. *CATARATAS POÉTICAS*, de Hildebrando Silva Flores. Foz do Iguaçu, 1966. — Um velhinho deixou isso aqui há uns dois anos. Nem sei mais qual era o preço. Agora eu fico com esse trambolho, numa loja apertada. Não posso jogar fora; vamos que o velho apareça de repente e eu tenha de pagar tudo?! Não tenho razão?

Matozo devolveu *A suavidade do vento* ao envelope.

— O senhor está certo. Só tive a ideia porque a minha editora não tem distribuição aqui na região e...

E por que explicar, discutir com um ignorante? Ensaiou a despedida, furioso por não conseguir esconder o que sentia, e mais ainda porque o homem percebeu aquele sofrimento miúdo e queria ajudá-lo:

— Professor, em Foz parece que tem uma papelaria que vende livros. O senhor podia tentar lá.

— Sim, eu...

O homem, já aflito, estendeu um exemplar das *CATA-RATAS*.

— Tome, professor, de presente. Se o velho aparecer eu acerto com ele.

— Não, não, obrigado. Eu... — e foi recuando.

— O senhor viu? Nem de graça o pessoal leva.

Matozo concentrou-se um segundo nos olhos do homem, mas não encontrou ironia — antes, um espanto diante da lógica do mundo. Agradeceu mais uma vez; ao se voltar, Maria agarrou seu envelope com as duas mãos, teimosa, querendo ver a todo custo o que havia ali dentro. Matozo tentava recuperá-lo, quase rompendo a timidez com fúria.

— Maria! Largue já o livro do professor!

As mãos soltaram o envelope e os braços se encolheram sob a força de um choque elétrico. Matozo ensaiou um carinho nos cabelos de Maria e finalmente saiu para uma nuvem de pó refratada pelo pôr do sol. Logo adiante, surpreendeu-se com Bernadete e Marquinhos, de mãos dadas, que passaram por ele sem vê-lo. Sentiu uma dor lancinante, que rápida se transformou numa rede de arame em volta do corpo inteiro. Ansiou voltar para casa antes do anoitecer, para alcançar um ponto ótimo na janela ainda hoje — e lembrou o oráculo de muitos meses atrás: *A SUA-VIDADE permite avaliar as coisas e permanecer oculto. Pois desse modo se pode compreender as coisas em sua essência, sem precisar se pôr em evidência.* Agora compreendia. Compreendia?

Não resistiu ao Snooker Bar. Pediu uma dose dupla, alguns salgadinhos, e esperou os parceiros do general, que não vieram. Saiu à meia-noite, cambaleando. Depois de alguns metros, ouviu o chamado. Um vulto:

— O senhor esqueceu esse envelope na mesa.

Não agradeceu.

Subiu penosamente a escada. Da porta, imóvel, sentiu o peso assustador do silêncio, até que um bólido rasgou voando o asfalto.

A moça estava sentada no primeiro degrau e surpreendeu-se com a aproximação de alguém com a intenção inequívoca de subir aquela escada. Seria ele? Imaginava alguém diferente. E descobriu, no simples "bom dia!", que se tratava de um homem anormalmente tímido.

— Você é Jota Mattoso?

Susto.

— Sou.

Não seria fácil arrancar alguma coisa dele, avaliou. Suja de suor e pó, sob o sol agressivo do começo de tarde, ela estendeu a mão.

— Muito prazer. Eu sou a Míriam, da *Sul*.

— Sul?

— É, a revista *Sul*.

— Ah.

Ele sentiu vertigem. *Não se atropele. Só veja o que você está vendo — uma moça de calça Lee e camiseta branca. E ouça apenas o que você está ouvindo.* Ela tentou disfarçar a decepção diante da frieza dele.

— Cheguei às dez de Curitiba. Me disseram que você estava dando aula, resolvi esperar. Fiz um lanche ali no Boliche — e o dedo apontava.

— Sei. Eu conheço.

— Eu estava indo pra Foz, cobrir um congresso. Aí puseram na pauta uma parada aqui, pra entrevistar você. — Silêncio. — É claro, se você... — e ela sorriu, desanimada. Por que o Luís teve de inventar aquilo!? Só às seis outro ônibus pra Foz!

— Entrevistar? Por quê?

— Você escreveu um livro, não escreveu? — Aflita: e se tivesse errado a cidade? — A pauta está aqui na sacola, ai, meu Deus! — Esforçou-se para abrir o zíper, desistiu. Suplicou: — Você não vai me convidar pra subir? Não aguento mais esse sol! — Outra súplica: — Mas você é o Jota Mattoso, não é?

— Claro, claro! É que... Desculpe. Deixe que eu levo a sacola.

— Obrigada. Estou exausta! Como é que você aguenta esse pó?

— Esperando a época do barro.

Agora sim ela conseguiu sorrir:

— E quando chega o barro, você espera o pó.

Ele parou no meio da escada, sério.

— É mais ou menos assim.

Míriam intrigou-se — um humor estranho, de quem não tem intenção de fazer humor. E por que ele continuava parado no meio da escada, olhando para ela?

— Como vocês descobriram o meu endereço?

141

— Não sei. O Luís que me passou. Acho que se informou com a editora.

— Ah.

Continuava parado. Ela insistiu:

— Vamos subir?

— Eu estava pensando. Não é melhor a gente ir para outro lugar?

— Por quê?

— É... o meu apartamento. Está horrível. Tudo sujo, espalhado pelo chão.

Ela avaliou, incerta: ele parecia *realmente* nervoso.

— Eu não me importo. Qualquer coisa é melhor que ficar aqui fora.

— Bem, eu avisei — e voltou a subir.

Enquanto ele procurava a chave no bolso, Míriam esticava o pescoço, olhando para baixo.

— Você nunca caiu daqui?

— Ainda não. Quando bebo muito, subo encostado na parede.

Ela não soube se devia sorrir. Ele falava sério?

— Por que não põe um corrimão?

— A casa não é minha.

E abriu a porta. De fato, um grande estrago, valorizado pelo pó suspenso no sol que atravessava as janelas. Havia um copo quebrado no chão. O espaço fedia a álcool. Matozo, pálido, sentiu a compulsão da mentira:

— É que dei uma festa ontem. E a faxineira só vem amanhã.

Míriam vacilou, antes de sorrir:

— Tudo bem. Quem mora sozinho é assim mesmo. — Teria falado demais? — Quer dizer, imagino que você more sozinho...

— Tem uns monstros aí, mas esses não incomodam muito.

Os monstros estavam extraordinariamente eufóricos com a visita. Aflitos, felizes, mas num silêncio respeitoso, amontoaram-se todos na escrivaninha para assistir ao raríssimo espetáculo. Matozo depositou a sacola de Míriam na cama desfeita. Imóvel, ela olhava em torno, desanimada. Talvez devessem mesmo ir a outro lugar. Só havia a cadeira da escrivaninha, para sentar, e a cama, para deitar. O resto era um depósito esquecido. Fechando a porta, sentiu-se insegura com aquela intimidade talvez perigosa — que diabo era Jota Mattoso? Mas, vendo-o colocar sua sacola na cama com envergonhada delicadeza, cada gesto revelando timidez, intuiu que não corria perigo. Que ideia! Decidiu-se de uma vez, no desconforto do suor:

— Sei que não é muito profissional de minha parte, mas você se incomoda se eu tomar um banho? — O susto dele parecia um bom sinal; pessoas assim necessitam de outros que tomem a iniciativa. Foi em frente: — Desculpe, mas o ônibus pra Foz só sai às seis, eu passei a noite viajando e me sinto horrível.

Ele entrou num curto pânico, comandado por dez impulsos diferentes. Como fazer as coisas certas? Os monstros suspenderam a respiração.

— Claro. Claro! Eu preciso... uma toalha limpa... e...

— Não se incomode! Eu tenho tudo na mala. É só uma ducha rápida para eu voltar ao normal.

143

— Tudo certo. Eu vou só... — E correu ao banheiro para deixá-lo habitável. Mas voltou de repente: — Você gosta do Pink Floyd? — Sem esperar resposta, colocou o disco, face A, *Father's Shout*. De novo no banheiro, juntava destroços e esfregava azulejos. Febril.

Começando a relaxar com aquela estranheza simpática — os escritores são loucos mesmo, mas inofensivos —, ela sentou-se na cama e abriu a sacola, separando toalha, sabonete, desodorante, perfume, estojo de pintura. A música começava com uns metais desencontrados e depois se acalmava, melancólica. Ela gostou. Ouviu a voz do banheiro, viu o rosto aflito na porta:

— Por favor, fique à vontade! Já termino. — Vontade de mentir: — Quando a faxineira não vem, isso aqui fica um horror!

— Nem precisava se incomodar. A culpa é minha. Vida de estagiária de Terceiro Mundo é triste! Dão a passagem, uma diária ridícula, e a gente que se vire! Bom, pelo menos quero ver se conheço o Paraguai e as Cataratas. — Talvez ele pudesse ajudá-la, quem sabe? — Como são as Cataratas?

— Nunca fui lá.

— Nunca!? Há quanto tempo você mora aqui?

— Uns sete anos, acho.

Agora ela riu solto.

— Você é desligado mesmo!

— É que eu não tenho parentes. Só visita as Cataratas quem tem parente.

— Como assim?

— Os parentes vêm aqui na cidade, e o pessoal da cidade leva os parentes para conhecerem as Cataratas. Aí também ficam conhecendo as Cataratas.

Ela deu uma gargalhada, o que surpreendeu Matozo. Olhou pela fresta, para avaliar a natureza do riso. Achou que era um riso bom. Finalmente saiu do banheiro, com um pano molhado na mão.

— Pronto. Agora ficou razoável, espero. — De novo o desejo de mentir: — Vou mandar a faxineira embora. Assim não dá mais. — Lembrou-se de uma conversa de professoras que ouviu no cafezinho, e repetiu a fala e a entonação: — O problema é que está muito difícil conseguir faxineira na cidade. E cobram o olho da cara.

Ficou vermelho, desviou o olhar — mas Míriam pareceu não ter percebido:

— Lá em Curitiba é a mesma coisa. Bem, vou ao banho.

Ele se arremessou à frente dela, braços erguidos:

— Cuidado com os cacos do chão! Passe por ali. Já vou limpar isso.

Bastou ela fechar a porta do banheiro, forçando algumas vezes o trinco fora do esquadro, para ele se lançar frenético à limpeza da casa, sob o olhar sempre atento dos monstros. Ajeitou os lençóis da cama, colocou a colcha, varreu os cacos e passou um pano úmido no assoalho, num zigue--zague nervoso. Ergueu a vidraça das janelas — entrava pó, mas também um pouco de ar novo. Correu à pia, que era um naufrágio, e empilhou a louça suja, colocando um pano de prato por cima. Era preciso fazer café! Não tinha café, mas tinha chá. Ela gostaria de chá? Chegou à porta para perguntar — ouvia a água correndo —, mas desistiu; poderia assustá-la.

Resolveu esperar. Preparou uma dose, acendeu um cigarro e sentou na cadeira — não, deixaria o melhor lugar para ela. Sentou-se na cama, recostando-se na cabeceira. As costas estavam leves, os monstros quietos, olhando para as unhas, no tédio dos intervalos. Só então, soprando a fumaça, Matozo se compenetrou na importância daquela visita. Uma entrevista para a *Sul!* Uma revista de circulação estadual! *Todos* liam a revista *Sul!* Não precisaria falar do livro para mais ninguém! Eles que lessem na *Sul!* Até o interventor ficaria sabendo. As pessoas cumprimentando, levantando o braço, sorrindo para ele! O abraço de Estêvão: *Parabéns, amigo!* O diretor pediria para ele dar palestras aos alunos. O homem da banca voltaria atrás: *Pensando bem, o senhor poderia deixar uns livros comigo. Muita gente tem procurado.* O próprio Gordo, mesmo sem entender nada, daria um abraço apertado nele: *É isso aí, professor!* As outras pessoas, finalmente, saberiam quem ele era, e isso é uma coisa boa! A Bernadete — com o Marquinhos? sem o Marquinhos? — seguraria as mãos dele: *Agora eu entendo o senhor!* Aquela era uma cidade boa. As pessoas um tanto brutas, é verdade, mas boas. Até no Natal, no Ano-Novo, demonstraram isso; ele que tinha sido estúpido em não entender. O próprio pessoal do Rotary, mesmo do Lyons, deve ter discutido o nome dele, e teriam até proposto o seu ingresso. Mas também! — eles não são idiotas e percebem quando alguém é arrogante. Ele não precisava aceitar, é claro, aquelas reuniões devem ser chatas, mas não precisava sair correndo dando coice.

Sentiu algumas leves pontadas nas costas — e os monstros começaram a se agitar, um cutucando o outro: o trabalho recomeçava. Por que ele tinha de transformar cada coisa boa que acontecia com ele em um ato de vingança contra os outros? Por que ostentar o livro, sacudir a entrevista na cara do Estêvão, por que achar que era melhor que o resto do mundo? De onde — um bêbado anônimo, um incapaz como ele — inventava um rei na barriga? Que importância tinha *A suavidade do vento* na urgência do mundo? Um monstro anão, queimando-se de prazer, não resistiu e saltou da escrivaninha direto no pescoço de Matozo, cravando as unhas. Cochichava: *Em que este amontoado de frases ajudou você a se encontrar com as pessoas? Há alguns anos você tinha salvação; hoje, não tem mais.* Aberto o caminho, um outro monstro, que era só uma boca, agarrava a orelha de Matozo: *Tudo o que você conseguiu foi espichar o umbigo em volta do pescoço, e isso dói*

Matozo ergueu-se tonto e sacudiu a cabeça — o corpo doía. E se Míriam abrisse a porta justo agora? Mas não — surpreendido, escutou a água do chuveiro ainda correndo. Que demora! Um bom momento para consultar o Oráculo, mas não haveria tempo. Preparou outra dose, acendeu outro cigarro. Era melhor ficar andando, para não dar chance aos monstros; eles tinham pernas curtas. Lembrou-se do ponto ótimo; agachado diante da janela, ajeitou o quadro para um azul completo. Belíssimo! Pensou na suavidade do vento e concentrou-se no azul. Decidiu: afinal compraria uma tela, tintas e pincéis, e pintaria o ponto ótimo, uma imitação perfeita da natureza. Assim, à noite, ou nos dias feios, poderia se acalmar olhando a própria tela. Com uma vantagem exclusiva: o ponto ótimo não dependeria de nenhum ponto de vista. De qualquer ângulo seria o mesmo. A ideia era boa!

Levantou-se assustado com o flagrante de Míriam:

— Que delícia de chuveiro! Dá vontade de ficar lá o resto da vida!

Espantou-se: como era *simpática*! Como estava *graciosa*, com os cabelos molhados! E com ela vinha um vapor aromático, *diferente*! *Ela estava se sentindo bem!* de roupa nova! Olhou para o rosto: olhos brilhantes, *sinceros*, felizes!

— Você quer um uísque?

— Não tem café? Eu...

— Café?! eu... parece que acabou... — Vasculhou atabalhoado as panelas do armário para confirmar o que já sabia. — Eu... eu vou buscar mesmo e...

— Não, não, não! Por favor! Me lembrei que já tomei café no almoço, e não devo abusar. Acho que eu aceito um uisquinho, bem pouco. Também não é muito profissional uma estagiária beber em serviço, mas... acho que vou abrir uma exceção. Esse banho me reanimou.

— Fique à vontade.

Ele preparou a dose, depois de procurar um copo sem lasca e lavá-lo detalhadamente. Míriam descobriu a prateleira abarrotada de garrafas.

— Nossa! Você bebe tudo isso? — Arrependeu-se imediatamente, mas riu alto, para ele perceber que era humor, não censura.

Ele sentiu uma agulhada.

— Eu?! Não! Se eu bebesse assim, já teria ido pra rua do colégio, ahah! — Lembrou-se súbito do encontro com o diretor e teve um pressentimento ruim. Não se entregar:

— É pro pessoal amigo que vem aí, para as visitas. Como você! E não se impressione: uísque aqui é a preço de banana. Ganho muito de presente — ia dizer *das alunas* — dos alunos. Esse pessoal é festeiro.

Seguiu-se uma troca de informações objetivas sobre o Paraguai: o limite de compras, a declaração em duas vias, o preço do uísque, as quinquilharias eletrônicas, as formas alternativas de contrabando, as delícias do cassino, as lojas suspeitas; quanto ao *baseado* (surpreendeu-se Matozo), ele não tinha informações. Arriscando, declarou-se "careta", mas "sem preconceitos", o que lhe pareceu a resposta certa, porque ela riu. Ele se sentiu bem, com a leveza das pessoas normais, e preparou outra dose.

— Você não quer mais?

— Não, obrigada. Meu Deus, e a nossa entrevista! Acabo perdendo o ônibus. Deixa eu ver a minha pauta.

Não havia, de fato, pauta alguma: apenas uma caderneta em branco e a lembrança do pedido do Luís: *Vá lá e descubra quem é esse sujeito. Eu pago a despesa extra. Tire umas fotos dele, com a Kodak mesmo.* Matozo ofereceu a cadeira da escrivaninha e sentou-se na cama. Acendeu um cigarro. Os monstros reapareceram, atentos — ele sentia uma pressão invisível no peito, com a pequena formalidade instaurada.

— Muito bem, Jota Mattoso — e ela mordeu a caneta. — O que é esse "jota"?

— Ah, o jota. — Isso ele não tinha previsto. Ganhou tempo: — O que é que tem?

— Bom, você tem nome, não é?

Ele riu.

— Ah, sim. É Jordan. Eu não gosto dele, parece... parece nome de galã de radionovela, ou mordomo de livro policial...

Ela riu solto — e anotou. Matozo se ergueu:

— Você vai escrever isso aí?

— Você se importa?

Os monstros, animados, empurraram Matozo de volta à cama. Ele que não se metesse que a coisa estava ficando boa.

— Não, não... só que é... irrelevante e...

— Tudo bem. Vamos a outro assunto. Você está com quantos anos, Mattoso?

— Deixa eu ver... — contou nos dedos — ... acho que trinta e quatro, no mês que vem.

— E é solteiro?

Ele pensou. Que entrevista estranha!

— Eu... sim. — Ela esperava mais, mordendo a caneta, vagamente marota. — Eu preferia não falar disso. É irrelevante.

Ficou vermelho — falara duas vezes a palavra "irrelevante", e ela anotava. Levantou-se para completar a dose, sob o olhar a um tempo divertido e intrigado de Míriam — ela tentava descobrir se Matozo, afinal, era um homem bonito. (Ele era um homem bonito?) Enchendo o copo, ele sofreu a ideia de que talvez estivesse sendo pouco amigável.

— E *A suavidade do vento*? — Ele quase derrubou a garrafa, emocionado: era a primeira vez, depois de Madalena, que ele ouvia alguém *dizer* seu livro. — Fale do livro.

— Como assim?

— Ora, qual a mensagem, quanto tempo levou escrevendo, o que significa escrever para você, como estão as vendas, essas coisas.

— Bem. — Deu um gole, acendeu outro cigarro, voltou à cama. — Mensagem?

— É... o que você quis dizer com o livro. (*Cada osso que o Luís me arranja!*)

Quase respondeu: *Não quis dizer nada. Eu quis escrever. Não é a mesma coisa.*

— Eu não sei. Aliás... é uma coisa que não posso controlar. — Aquilo estava uma decepção completa, e a lâmina fria passou a lanhar os músculos das costas. Resolveu mentir o quanto antes, descontrolado: — É uma espécie de inspiração súbita. Aparece uma imagem, uma sucessão de palavras, e eu mergulho na escrivaninha, num transe meio sem método nem horário. Muitas vezes sou obrigado a mandar meus amigos embora, no meio da noite, para escrever.

— E eles?

— Eles compreendem, já estão acostumados comigo. (*Isso é verdade: já estão acostumados.*)

Míriam sorria: aquilo era interessante!

— Deve ser bom, não é? E teus amigos acompanham o trabalho, dão sugestões?

As mentiras disparavam, erguiam-se em prédios, interligavam-se em viadutos, passagens subterrâneas, num incrível realismo:

— Às vezes sim. Quando eles pedem, faço leituras públicas. Depois a gente fica bebendo, conversando. Como ontem mesmo. — Ele sorriu, subindo a escada irresistível do Castelo: — Bem, às vezes eles caem de pau em cima. Mas é bom, sempre dá uma discussão gostosa.

Ela anotava.

— Quer dizer que você tem uma turma na cidade? O pessoal daqui curte literatura?

Ele estaria exagerando?

— Bem, você pode adivinhar que o espaço cultural nesse fim de mundo — ela riu — é um tanto estreito, é verdade, mas a gente se defende. Poucos, mas bons. Tem o Marquinhos, um rapaz que escreve muito bem, o... Estêvão, do jornal, que abriu espaço pra gente, a Bernadete, que lê muito, inclusive quer fazer curso de jornalismo, a Madalena, lá de Foz do Iguaçu, que sempre aparece por aqui, e é a nossa muambeira e... enfim, a gente sempre dá um jeito de agitar.

— Que bom. E você já fez, ou vai fazer, o lançamento do livro?

— Ah, sim. O Gordo, um velho amigo meu, está providenciando uma festa. Só falta um lugar adequado. O homem da banca ofereceu a loja, mas lá é muito acanhado. Já mandei pedir cem exemplares à editora, para o lançamento.

Matozo começou a suar, coração aos pulos. Com a mão esquerda, segurou discretamente o punho direito, que tremia segurando o copo. Quando Míriam levantou os olhos do caderninho, ele simulou um espreguiçamento e ficou em pé.

— E as vendas, estão boas?

— Ainda não recebi o primeiro demonstrativo. Mas ontem mesmo liguei para São Paulo e me disseram que estão recebendo muitos pedidos.

— Que bom! E quanto é a tiragem?

— Cinco mil exemplares. Sabe como é, eles não arriscam muito na primeira edição.

Míriam anotava. Ele correu para reabastecer o copo. Sentiu-se mais seguro, de costas para ela.

— Bem, Mattoso, na verdade não sei nada de livros. O Luís que é o editor de cultura da revista. Se eu disser besteira, me desculpe. Não esqueça que eu não passo de uma foca.

Foca?

— Tudo bem, eu entendo.

O que seria uma foca? Ela virou a página do caderninho.

— Posso te fazer uma pergunta *off*?

Ófi?

— Claro — e esperou, atento.

— É só uma curiosidade minha. — Baixou a voz: — É sobre a situação política aqui. É verdade que tem guerrilha na região?

Ele lembrou o dentista preso e a dívida que não foi paga. Um gole exagerado, que queimou.

— Não que eu saiba.

Instalou-se uma pequena tensão com o silêncio. Matozo percebeu que ela não anotava nada. A língua discretissi-mamente enrolada:

— Mais uísque?

— Não, obrigada. Vou acabar me embebedando. — A tensão mútua se desfez. — Mas voltando ao que importa. Fale agora de suas leituras, suas influências.

— Influências? Bem, não sei. Quer dizer, é difícil avaliar. — Inventou, antes que gaguejasse: — Gosto muito de Virginia Woolf. O pessoal aqui diz que eu tenho alguma coisa dela, mas acho que é exagero.

Outro gole. Ela anotava:

— Virginia... como se soletra? Desculpe minha ignorância.

Pânico.

— W-O-L-F.

Ou Wolff? Ou Woolf? O único livro que tinha dela estava no fundo de um caixote. Não confessou a dúvida. Preferiu ser honesto e acrescentar nomes que ele de fato lia: Campos de Carvalho, Dalton Trevisan, Adonias Filho e — deixou por último, como quem preserva o talismã — Clarice Lispector.

— Acho que está bom, Mattoso. Meu Deus, estou tirando o seu tempo!

— Por favor, fique à vontade. — Enfim a solidez de alguma coisa verdadeira: — Não tinha nenhum compromisso.

— Só mais umas perguntinhas. Planos para o futuro? Algum novo livro? E imagino que você não vai ficar o resto da vida aqui, vai?

Ele riu, sentindo-se quase normal agora — o pior já havia passado.

— Não, de fato não. O que ainda me segura é a escola. A gente tem feito um bom trabalho. O diretor não sabe mais o que inventar pra me prender aqui — e quase Matozo explode uma risada nervosa.

— Você dá aula de quê?

— Literatura.

— Ora, é claro. Que boba, eu! E começou um novo livro?

— Já tenho uma boa parte pronta.

— Tem título?

Ele olhou o copo, pensando...

— Bem, se não quiser dizer... tudo bem...

— Talvez *O pó e as trevas*. O Estêvão gostou. Mas não sei. A Bernadete não gostou. Diz que eu sou muito negativista.

— Você? Que ideia! — Mas se arrependeu da intimidade: sua intuição lhe dizia haver alguma coisa intensa entre Mattoso e Bernadete. — Desculpe. Ela deve conhecer você melhor do que eu, é claro.

Ele continuava olhando o copo.

— Não sei. É difícil conhecer as pessoas.

O chavão ganhou um estranho peso na voz dele. O corpo inteiro doeu de um golpe, mas ele não se entregou:

— Final do ano vou embora. Fazer uma especialização em São Paulo. Tenho também uma proposta de Curitiba. — Sentiu-se pisando em falso, ela era de lá. Mudou a direção: — Mas a gente sempre acaba sentindo falta da terrinha da gente.

— É verdade — mentiu Míriam. Como alguém poderia sentir falta daquele buraco? Tateou: — Então suponho que o título *O pó e as trevas* nada tenha a ver com aqui...

Ele ficou vermelho e disfarçou rindo alto.

— Não, não. Nem tinha pensado nisso. Na verdade é a história de um homem que vive numa caverna. Isso no futuro, no ano 2100.

— Ah, que interessante! Ficção científica?

Gaguejou — a mentira tem tentáculos, precisava cortá-los.

— Mais ou menos. É difícil dizer.

Ela anotava.

— Vou te explorar só mais um pouco. Posso tirar uma fotografia?

Susto — e ele passou a mão no queixo:

— Mas eu não fiz a barba e...

— Não faz mal, está bem assim. — Brincou: — Escritor bom não faz a barba! — E tirou da sacola uma máquina simplória. Ele perceberia? Melhor esclarecer. — Desculpe, estou substituindo o fotógrafo, que não veio. Não vá rir da minha Kodak.

— Não se preocupe, que não entendo nada; a última máquina que vi foi quando tirei carteira de identidade, há uns dez anos.

Um homem sem álbum de lembranças. Inseguro, reabasteceu o copo, enquanto ela pesquisava o espaço:

— Seria bom um fundo de livros. Tua biblioteca está na escola?

O copo quase cai da mão. Correu para mostrar:

— Não, estão nas caixas ainda! — Arrastou uma delas, mostrando os volumes sujos de pó vermelho. — Faz um mês que o marceneiro me prometeu a estante. — Na verdade o plano de contratar um marceneiro tinha já cinco anos. Repetiu uma frase que ouvia sempre no bar: — Mão de obra especializada aqui é um caso de polícia.

Míriam se interessou — alguma coisa podia ser feita para melhorar aquele depósito. Será que a tal Bernadete nunca sugeriu nada?

— Por que você não compra daquelas estantes desmontáveis? São supersimples e fáceis de montar!

Seguiu-se uma demonstração prática de Míriam, e até a indicação da melhor parede, do canto à escrivaninha, protegida do sol direto. A cama poderia ir para ali, ou lá. Aqui poderia ficar uma mesinha e... e Matozo se angustiava: ela vai perder o ônibus!

— O que você acha?

— Ótima ideia.

— Acho que em Foz do Iguaçu deve ter dessas estantes.

— Vou procurar.

— Meu Deus, as fotos! Eu acabo perdendo o ônibus!

— Nova discussão: onde? — Ali, ao lado da janela, a luz está boa. Assim. Mas não tão rígido. Ponha a mão na escrivaninha.

Ele tateou incerto, e os monstros se afastaram, empilhando-se atentos no outro lado.

— Agora sorria.

Seguiram-se três fotos, todas do mesmo ângulo.

— Bem, pelo menos *uma* deve ficar boa. O Luís me mata se não prestarem. — Fechou a sacola, já aflita: estava em cima da hora.

E se ela perder o ônibus? E se ela conhecer a cidade? E se... Acendeu um cigarro.

— Eu levo você até a rodoviária.

— Não, por favor, Mattoso. Chega de te explorar. É logo ali. — Olhou em volta: — Esqueci alguma coisa?

— Se esqueceu, eu guardo.

E abriu a porta. Súbito, eram estranhos — e doíam as costas de Matozo, em pontas; alguma coisa parecida com saudade. Mas ela parecia bem:

— Sabe que eu tinha uma imagem completamente diferente de você?

— Eu também.

— Mesmo? E como é que você me imaginava?

— Não... não é isso... eu tinha uma imagem diferente de mim mesmo, até conhecer você.

E encolheu o estômago, sob a força de um soco — aquilo tinha sido estúpido. Mas Míriam sorria, pesquisando a face de Mattoso:

— Você é engraçado. Gostei de te conhecer.

— Cuidado com a escada, não tem apoio — e puxou o braço de Míriam, que se assustou, olhando atrás.

— Ai! Tinha esquecido do abismo.

Apertaram as mãos: uma despedida formal, correta. Ele pensou em trocar beijinhos, mas se lembrou do uísque, do cigarro, e desistiu. Ela desceu rápida os degraus e acenou alegre lá da rua. Ele quase gritou: — *Quando sai a reportagem?* —, mas calou-se a tempo.

Fechou a porta e olhou a escrivaninha. Os monstros aplaudiam, assobiavam, mostravam a língua, plantavam bananeiras, uns sobre os outros. Matozo fechou os olhos e começou a lembrar — e a cada lembrança, a cada fatia daquela tarde inteira, o desastre, o monumental desastre, ficava maior ainda. Recomeçou a beber. Ao final, todo o espaço da casa era uma floresta de cogumelos vivos, pegajosos, traiçoeiros, e a música, sussurros dissonantes entre o pó e as trevas. Dormiu no chão; e o disco, finalmente riscado, atravessou a noite repetindo a mesma linha.

Disse o Oráculo: *25. WU WANG / INOCÊNCIA (O INES-PERADO). Voltando atrás, o homem se libera de culpas. O INESPERADO significa infortúnio vindo do exterior. A inocência se libera de culpas, de modo que nenhum infortúnio de origem interna a pode alcançar. Quando um infortúnio surge inesperadamente, é determinado pelo exterior e, portanto, passará.*

Matozo fechou o Livro e releu o impresso: *BANCO DO BRASIL S.A. Ilmo. Sr. Josilei Maria Matôzo. Ref.: Débito. Pedimos seu comparecimento urgente a esta agência para tratar de assunto de seu interesse. O não comparecimento no prazo de 3 (três) dias a partir desta data implica em que tomemos as medidas judiciais cabíveis ao caso. Atenciosamente... OBSERVAÇÃO: Caso o senhor já tenha saldado a dívida, queira desconsiderar esse aviso.*

Perturbado, Matozo resolveu implicar com a regência do verbo, riscando o *em*. Distraiu-se com o dicionário de regência: "Implicar, no sentido de 'trazer como consequência', é verbo transitivo direto. Exemplo: *A desordem implica, não raro, o caos.*"

Isso não resolvia o problema.

Acendeu um cigarro, procurando o ponto ótimo, mas o céu estava carregado. Lembrou-se dos sinais do Oráculo: Voltando atrás / Infortúnio vindo do exterior / A inocência. Vertigem: e se o Oráculo se referisse à visita de Míriam? *Voltando atrás.* Ele já passara uma semana inteira escrevendo cartas de retificação, de desculpas, de explicação, que se resumiam todas, vergonhosas, numa súplica:

Míriam, o que eu falei é um amontoado de mentiras. Por favor, não publique nada. Mas ele nem sabia o sobrenome dela! Talvez devesse escrever à revista, confessando o mal--entendido. Mas tudo isso era a sensação de cair rodopiando num poço sem fim — um poço *realmente* sem fim, até o último dia de vergonha.

(Uma nuvem pesada atravessou a janela, de lado a lado, em velocidade regular, trazendo consigo uma tropa de nuvens menores.)

Ora, aquela era uma angústia velha, já resolvida: tinha passado uns vinte dias evitando o mundo inteiro — *esquecendo,* e esquecer é uma tarefa mais difícil que lembrar. Agora, *inesperada* — o Oráculo estava certo —, a carta do banco. Ele era *inocente* — o Oráculo também acertou — e não devia mais nada àqueles... e encheu a boca:

— Filhos da puta.

Sorriu, até com segurança, desta vez; e avançou o raciocínio. O infortúnio é *externo,* portanto passará. Maior clareza, impossível. (Olhou de viés: os monstros não pareciam tão convencidos, carrancas beiçudas.)

Resolveu fazer a barba de alguns dias. Hoje, no cafezinho, olharam para ele alguns segundos a mais que o normal — particularmente o diretor. Estava reservando um exemplar de *A suavidade do vento* para ele. Uma espécie de escudo protetor. Talvez ele já soubesse. A cidade inteira já estava sabendo de tudo, até mesmo da entrevista, essas coisas correm. O olhar distante era respeito. Deviam dizer, lá entre eles: *Já temos o nosso escritor. Deixem-no em paz, criando.* Vendo desse modo, ele não mentiu à jornalista; apenas transcreveu a verdade subjetiva. O que está subterrâneo. O *motor*.

No espelho, gostou do rosto limpo. Pela milésima vez decidiu ser mais cuidadoso com a aparência — isso pesa na vida. Talvez, exagerou ele sentindo de estalo um desejo novíssimo, talvez controlar mais a bebida! Quem bebe agride. E talvez — e agora ele riu, gostosamente — começar logo *O pó e as trevas*. Com a caverna mesmo! E descobria, comovido: *tenho muito a dizer ainda.*

Colocou a camisa para dentro das calças, pegou o aviso do banco e decidiu levar *A suavidade do vento* para o gerente. Quem sabe ele gostasse de ler? Há algumas pessoas que gostam. Contou de novo os exemplares: dez. Um deles, separado — ou estragado — pela dedicatória ao Estêvão. Um dia, talvez. Escolheu o volume do gerente e colocou-o no mesmo envelope amassado.

Ao subir a avenida, viu Marquinhos se *escondendo*?! Pelo menos voltando-se súbito, como quem planeja fugir. O impulso:

— Marquinhos!

O menino olhou para ele. Trêmulo? Matozo estendeu a mão:

— Tudo bem?

Sem resposta, os olhos enormes, a mão suada. Mesmo assustado, um rosto bonito, limpo, transparente, inteiro. Dar a ele *A suavidade do vento*? O gerente podia esperar.

— Estou há meses atrás de você! — Não sofreu com a mentira; sem perceber, assumia a postura de sala de aula, seu instante seguro. — Já li teus poemas.

— Ah, sei.

— Gostei. Gostei *muito*. Meus parabéns!

O menino não respondia. Suspenso.

— Você tem escrito mais?

— Não, professor.

Havia alguém parado a dois metros, olhando para eles, como quem espera um desfecho. A rede de arame começou a apertar Matozo, fio a fio. Entregar a ele *A suavidade do vento*?

— Preciso te devolver os poemas. Rabisquei alguns comentários. — O silêncio. A insistência opaca do silêncio.

— Você não quer aparecer lá em casa pra gente conversar?

— Eu...

— Pode ser à noite. Estou sempre em casa. — Como quem vai cair, estendeu o braço e segurou o ombro de Marquinhos, que se contraiu. — E a Bernadete, está bem?

Ele fez que sim.

— Lembranças a ela. Faz tempo que não vejo. Muito trabalho.

O vulto continuava a fitá-los.

— Prazer em ver você. E apareça.

No aperto de mãos, nova vertigem. Entrou tonto na agência do banco; diante do gerente, que não olhou para ele, contraiu dolorosamente o impulso de ser grosseiro. Por que ele fingia não vê-lo? Afinal, levantou os olhos da papelada:

— O que é?

Fingia *não conhecê-lo*.

— Boa tarde. — De novo inseguro. — Tudo bem?

— Vai-se indo.

E o olhar à espera.

— Recebi esse aviso. — Estendeu o papel e olhou em volta, atrás de uma cadeira que não havia.

— Ah. Quem riscou isso aqui?

A regência corrigida de Matozo. Prestes a cair, apoiou as mãos na mesa:

— Não sei. Veio assim.

O homem se levantou e foi para os fundos. Abrir inquérito? Voltou com um dossiê:

— Uma dívida sua, que escapou. É do ano passado. A matriz mandou de volta.

— Mas eu paguei tudo!

— Certo. Tudo que nós cobramos. O problema é que o escriturário calculou errado.

A garganta fechando, de *ódio*; uma sensação rara, que Matozo aprisionou.

— E o que eu tenho com isso?

— A dívida continua sua, infelizmente. O último recibo — e ele mostrou um papel — não quita débitos anteriores.

— E se eu não pagar?

O homem fitou Matozo, intrigado.

— Como?

Matozo baixou a voz, involuntário.

— E se eu não pagar.

O gerente mudou o grampeador e as canetas de lugar. Sem erguer os olhos:

— O problema é seu. Tenho de fechar a conta, cancelar o cadastro, mandar pro Seproc, essas coisas. Fica mais caro que a dívida.

Matozo enfiou a mão no bolso:

— Quanto é essa merda?

Inexplicavelmente, o gerente sorriu — até levantou-se da cadeira, mão estendida:

— Calma, professor. Não é o fim do mundo. Isso acontece.

— Isso acontece comigo. — Passou a mão no rosto gelado. — Desculpe. Quanto é?

O homem concentrou-se rápido na calculadora, acrescentou juros, conferiu a data, puxou o papel, arrancou-o e estendeu-o a Matozo. Sorriu:

— Uma ninharia.

De fato, era suportável — mas a sensação de roubo permaneceu na garganta.

— E como eu faço pra pagar?

— Eu mesmo debito no caixa. Um minutinho. — Preencheu um impresso em três vias. — Assine aqui.

Vista turva, mão trêmula, Matozo assinou no lugar errado — "Não faz mal, professor" — e o gerente correu no caixa, devolvendo em seguida o recibo. Um vigoroso aperto de mão:

— Obrigado, professor. E desculpe pelo transtorno.

— Não foi nada. Eu... — por que essa mania estúpida de se explicar? — eu... não estou bem.

— Posso imaginar. O dia inteiro dando aula e...

— É só pela manhã. Mas...

— Eu entendo, tem de corrigir lições, preparar provas com antecedência. Eu entendo. E você anda mesmo com a fisionomia cansada. — Subitamente íntimo, baixou a voz: — É a rotina que mata a gente, professor. Não há nada a fazer nos dias de folga. É ir no boteco, jogar dados e beber a noite inteira.

Matozo sentiu uma pontada fria nas costas:

— Mas eu só bebo socialmente.

Susto:

— Por favor, eu... eu não quis dizer... Sim, como eu também. Eu digo...

Uma dor esquisita: não poderia deixar aquilo pela metade.

— A rotina. O senhor falava da rotina.

— Ah, sim. Pois é, professor. Por que o senhor não sai da cidade?

Silêncio.

— Eu digo de férias. Viajar, ir pra longe. Descansar de verdade.

— Férias? Sim, é bom, eu tenho viajado sempre. Areja a cabeça.

Novo silêncio. Agora sim, a despedida. Cinco passos, e a voz:

— Professor! O senhor esqueceu o seu livro!

— Meu livro?!

O gerente apalpava o envelope.

— Bem, imagino que seja um livro.

— Eu também. Obrigado.

Da calçada, olhou para dentro: o gerente olhava para um funcionário que olhava para ele e ambos pareciam reprimir o riso. Caminhou lento de volta a casa, respirando fundo. O INESPERADO *significa infortúnio vindo do exterior.* Bem, está passando. Sentiu saudade de Madalena, do Gordo, do Galo, de Míriam. Da Bernadete. De quem mais? Do Estêvão? Sentiu saudade de conversar. Das conversas mais loucas sempre resta uma direção. Como a do gerente: *sair da cidade.* Conversar é uma força própria, brilhante e viva, que não depende de ninguém; as conversas avançam, estalam, transformam, derrubam, palpitam, esquentam; o homem é um arcabouço neutro de onde as conversas pulam e nos agarram no peito. É só elas que vivem: mesmo em silêncio, lá estão as vozes tagarelando. Inútil fechar os ouvidos: a única surdez é a morte.

No segundo degrau, Matozo apoiou-se na parede, respirando fundo. Retomou a subida, falando sozinho:

— Amanhã vou a Foz do Iguaçu comprar tela, tinta e pincel.

Com a entrada de Matozo, carregando entusiasmado aquela tela enorme, os monstros se agitaram; pularam todos da escrivaninha e se amontoaram sob a estante das garrafas — queriam acompanhar a novidade. Matozo conferiu o tamanho: a armação era praticamente igual à da janela. E como estava o dia? Perfeito!

Arrastou um caixote de livros para o pé da escrivaninha e nele apoiou a tela, que assim ficava ligeiramente inclinada. Firme? Firme. Olhou para fora: o exato ponto ótimo. Em outro caixote, colocou um prato limpo, um copo de solvente, os pincéis e os tubos de tinta: três brancos, dois azul-celeste, um verde-verde, um preto. O homem da loja não entendeu:

— Mas só essas cores?

— Só. É o que me basta.

— Não esqueça do fundo branco.

Pois era o que ele ia fazer agora. Apertou o tubo: que branco! E que cheiro forte! Levantou-se para abrir a outra janela. Um pequeno monstro aproveitou para investigar;

aproximou-se em dois saltos e apalpou a tinta entre os dedos peludos. Correu para mostrar aos outros, que fizeram uma roda; lambiam a tinta, mostravam a língua pintada, faziam caretas e riam.

Matozo afundou o pincel maior no óleo. Gostou da sensação, quase tátil. O óleo é dócil, volumoso, tem volteios caprichosos — e se oferece. Começou a cobrir a tela branca de branco. Uma tarefa lenta e delicada: alisava carinhosamente cada centímetro, para uma textura uniforme em todos os limites da tela. Assim passou a tarde. Pintava de branco, mas já via o ponto ótimo futuro, fixado para sempre. Ao terminar, contemplou suspirando o branco branquíssimo. Bonito!

Três horas seguidas sem fumar, sem beber, sem corrigir provas, sem sentir torcicolo ou pontadas na coluna, sem manusear sofrendo *A suavidade do vento*! Nada! E atrás dele os monstros dormiam pacíficos, uns sobre os outros, relaxados como cães ao sol.

Sentiu fome! Há quantos anos não sentia essa fome verdadeira? Mastigou dois sanduíches em pé, olhando o branco acetinado da sua obra. Depois, só depois, preparou uma dose discreta de uísque, que repetiu algumas vezes para fixar o tempo de alguns minutos, de uma hora, de quatro horas atrás, para fixar aquele instante passado de prazer em que o branco, obra dele, refletiu-se inteiro em silêncio.

No outro dia, antes mesmo do despertador, levantou-se para experimentar a tinta: ainda pegava levemente no dedo. Saiu lampeiro para as aulas — à tarde a tela estaria seca. No almoço rápido do Snooker Bar, um contratempo:

ao tirar o caderninho da gaveta, o homem pigarreou, sem graça, acertando em cheio a espinha de Matozo.

— Algum problema, seu... (*Norval?*)... val?

— Não, não, professor. É que... bem... fui obrigado a colocar aquela placa ali.

FIADO SÓ MAIORES DE 90 ANOS ACOMPANHADO DOS PAIS

— Falta um S na placa.

— Não é nada contra o senhor, professor, pelo amor de Deus. É que... — e o homem coçava a cabeça — eu não posso abrir excessão.

— Exceção é com cê-cedilha.

— Como? — Pálido, Matozo apoiou-se no balcão. — Desculpe, professor. Claro, até o fim do mês continuamos no caderno. Mas a partir de julho sou obrigado a trabalhar à vista. Senão eu quebro.

— Você tem razão. Eu...

Nunca mais iria ali. Pó e trevas.

— Obrigado. A gente se conhece há tanto tempo que eu fiquei preocupado. O senhor não tem aparecido à noite.

Na curta vertigem, tentou sintonizar sua voz à voz do homem. Mas como ele se chamava?

— Muito trabalho. Final de semestre.

— É verdade, época de provas. O senhor vai sair da cidade?

— Como assim?

— Viajar. Parece que eu ouvi qualquer coisa.

— Nas férias?

— É, parece que sim.

— Talvez. Não sei ainda.

— Mas o senhor está bem de saúde?!

— Sim, estou ótimo.

— Que bom. E chegou o frio, não é? Pois sabe que eu gosto do frio?

— Engraçado, eu também.

— Cafezinho?

Na rua, Matozo apalpou o braço: magro. Magérrimo. Um osso. *Mas daí a supor que eu vou morrer...* A lâmina cortou a espinha, impiedosa e afiada. Ele lanhou-se de sol, e o frio continuava. O céu inteiro azul. Correu para casa — e resistiu ao uísque. Apalpou a tela: seca. Colocou o disco na face B, ainda não tão riscada, e sentou-se à procura do ponto ótimo. O solo inicial de violão e o céu se combinaram; ele ergueu um pouco a cabeça, aumentou o verde da janela, até encontrar a medida exata. Assim. Sustentou o olhar, fixo. Haveria um tempo — ele divagou — em que não conseguiria mais sequer se aproximar das pessoas. Respirou fundo, tranquilizando-se. Era exatamente esta a imagem desejada; calculou a proporção entre o azul e o verde e, com um lápis, traçou um risco horizontal na tela.

Recomeçou o prazer de pintar. A agressão do azul no branco: não era assim. Comparou. Resolveu clareá-lo, testando a mistura e o olhar — o céu, a tela, a tela, o céu — até encontrar o ponto. *Assim.* Até os monstros se impressionaram com a semelhança, bocas abertas atrás dele, enquanto o quadro se enchia de azul, tocando o limite do lápis.

Acendeu um cigarro. Bom. Muito bom! Já não era o mesmo céu, três horas depois, mas era um céu razoável, aceitável — e *fixo*. Comparou: diferentes. Intrigava-o em particular aquela estranha profundidade, a distância apenas sugerida no quadro da janela, alguma coisa *longe*, um... E na tela o azul chapado, bruto, a três palmos dele. Claro: faltava distância. Afastou-se, encheu um copo, bebericou e olhou de novo o trabalho. Imóvel. Na janela, um azulão começava a surgir, com manchas esquisitas. Fechou a janela. Na terceira dose de uísque, o azul já estava bastante aceitável, desde que ele evitasse o reflexo da lâmpada.

Que fome!

No outro dia, o mais difícil: o verde. Ainda sentindo o estômago pesado — o almoço do Boliche tinha um paladar diferente, e custava mais —, descobriu que o verde do ponto ótimo *real*, lá longe, não era exatamente homogêneo. A não ser se ele abstraísse algumas manchas, alguns defeitos, algumas fissuras inexplicáveis e sem cor (negras?). Não seria fácil repeti-las. Se ele tivesse uma máquina fotográfica como a de Míriam, poderia fotografar o horizonte e ver o verde, de longe, perto — isto é, ver a um palmo dos olhos aquele verde distante, sem as inconveniências da proximidade.

Parou para pensar.

Era um homem tão dolorosamente ignorante, tão inapto! Qualquer pintor de para-choque pintaria aquela faixa verde com perfeição, e ainda colocando um belo pinheiro à margem!

Acendeu outro cigarro. Havia nuvens no céu, mas hoje o que interessava era só o verde, e este estava bem-comportado. Percebeu que não era exatamente uma linha reta que separava o azul do verde. Havia pequeníssimas farpas invadindo o território alheio, de baixo para cima (verde), de cima para baixo (azul). Poderia ignorá-las. Mas daí...

Lembrou-se num estalo de um pintor que pintava aquilo: Mondrian. Correu para um caixote de livros, atropelando monstros que se metiam entre as pernas, atrás da pequena enciclopédia. *MONDRIAN, Piet.* Pulou datas e informações irrelevantes. *Seu estilo rigorosamente geométrico tinha por princípio os ângulos retos e a utilização das três cores primárias: azul, amarelo e vermelho.* Por azar, a enciclopédia não trazia nenhuma ilustração. Isso não ajudava muito.

— Mas há um detalhe fundamental — discorreu ele em voz alta, para esclarecer as coisas à plateia ansiosa dos monstros. — O que eu pretendo fazer não é arte; é a perfeição. — Espantado pela própria voz, corrigiu-se, torcendo o pescoço: — Aliás, é a *imitação* perfeita.

Irritado pela vergonha instantânea, interrompeu as palmas dos monstros:

— É a imitação para uso próprio! — Ergueu a voz: — Que fique bem claro: quero fixar, neste quadro, com o máximo de perfeição possível, o ponto ótimo que está na janela. Entenderam?

Voltou a sentar, ouvindo os cochichos (sarcásticos?) dos monstros. Ergueu-se para preparar o uísque, mas resistiu dolorosamente e tornou à cadeira. Acabar logo aquilo. Poderia chover no dia seguinte e fechar o tempo por semanas, e ele ficaria ali, vendo aquele vazio branco, angustiante sob o azul.

— Mãos à obra.

Estranhou o verde do tubo. Era mais pesado que o real. Acrescentou uma pitada de branco; esmagadas sob o pincel, as duas cores se misturavam voluptuosas, macias, até um terceiro tom. Olhou o verde lá fora, o verde aqui dentro. Eram semelhantes apenas em parte. Alguma coisa errada.

O sol! A mínima diferença de sol, e o manto inteiro do mundo reagia.

Há vários pontos ótimos!

Parou, de novo, para pensar. Articulou: há uma faixa que se chama ponto ótimo, que sai de um ponto indiferente, evolui numa gradação infinitesimal, e cai em outro ponto indiferente. Tudo que ele precisava era escolher um momento da faixa ótima, e eternizá-lo.

Mais uma vez comparou os verdes, o do pincel e o do horizonte. Aceitável. Começou a manchar a tela, ainda um pouco inseguro. O azul tinha sido mais tranquilo. Havia coisas naquele verde-longe! Pintou rapidamente a faixa. No limite com o azul, pressionava o pincel de baixo para cima, meticuloso, de modo que alguns pelos se entranhassem, discretos, fronteira acima. Conferiu o resultado. Gostou! Olhou pela janela: está bom o limite!

Afastou-se, pisando em monstros, para testar a distância. O *limite* está bom. Mas o resto... É um verde cambiante, traiçoeiro. Mas é fácil imitá-lo! Com o branco e o preto, limpando o pincel no solvente a cada vez, preparou cinco ou seis tons de verde. Arriscou um aqui, outro ali, um terceiro mais longe, cuidando para que as fronteiras entre os tons fluíssem soltas, sem contorno. E...

— Uma obra-prima!

Acendeu outro cigarro, deliciado. Não havia mais relação alguma entre a tela e o horizonte pesado de chuva agora —

mas e daí? Em algum instante infinitesimal essa relação foi idêntica nos olhos de Matozo, e ele a fixara para sempre! Ali estava: um ponto ótimo portátil, para uso exclusivo.

Com cuidado — a tinta ainda fresca —, ergueu o quadro para fazê-lo coincidir com a janela. Um desastre: a claridade de fora invadia a tela e transformava-a num monstrengo translúcido, sujo de manchas. Mas a solução era simples: de dia na parede, à noite na janela.

Entretanto, continuava inseguro. Olhando assim, de um certo jeito, o quadro parecia absolutamente uma outra coisa! Aquele azul, aquele verde... um catálogo de tintas! Quem veria ali um céu, uma vegetação?

— *Eu*. Eu vejo!

Coçando as berrugas dos queixos duplos, compenetrados ao lado dos amigos, os monstros não se convenciam. Matozo continuava tentando:

— Bem, em algum lugar do mundo haverá alguém parecido comigo.

Só então preparou o uísque, reconhecendo os sintomas: pulos e piruetas dos monstros, rindo e trocando socos, inchando barrigas e abrindo bocas, crescendo unhas e espichando orelhas.

O uísque desceu gelado. Lá fora, céu escuro; olhou o quadro. Resolveu pendurá-lo. A um metro da janela descobriu um prego. Colocou a tela. Nenhum reflexo! Um pouco alto demais, mas logo providenciaria pregos novos e martelo na loja do Gordo. (Lembrou envergonhado que ainda lhe devia dinheiro, um ano depois. Como explicar o atraso?) Colocaria um prego também na trave da janela. E outros nas outras paredes! Sim — um ponto ótimo móvel! Todo dia num lugar diferente! Qualquer ansiedade, e muda-se o quadro! E isso poderia ser feito agora mesmo, pedindo material à vizinha!

Desceu a escada e bateu à porta. Noite súbita. Um menino assustado afastou a cortina da janela e disse qualquer coisa. Matozo bateu de novo. Finalmente a mulher abriu a porta; duas crianças espiavam o inquilino, grudados nela.

— Boa noite! A senhora por acaso não tinha um martelo e alguns pregos, assim — com os dedos indicou o tamanho —, para me emprestar?

Ela se afastou sem dizer nada. As crianças olhavam para ele, no limite da porta, olhos arregalados, e Matozo esboçou um sorriso, que não quebrou a tensão. A mulher voltou com o martelo e meia dúzia de pregos.

— Obrigado. Já lhe devolvo.

— É bom tomar cuidado pra não estragar o reboco.

— Como?

— O reboco da parede. Não é pra pendurar quadro?

— Ah, sim. Claro. Eu tomo cuidado. Ele recuou dois passos.

— Outra coisa, professor. O meu marido queria falar com o senhor. É sobre o aluguel.

— Sim?

— É verdade que o senhor vai embora?

— Como? Bem... não sei. Nas férias, eu...

— Então quando ele voltar de viagem o senhor acerta com ele. O contrato parece que vence mês que vem, não é?

— Sabe que eu nem sei? Eu... Vou dar uma olhada. — Indefeso, olhou o martelo.

175

— Ele volta no comecinho do mês. Daí o senhor fala com ele.

Subiu a escada, vencendo a curta vertigem da descoberta:

— É isso. Eles querem que eu saia daqui.

Fechou a porta, acendeu a luz e refugiou-se no quadro, que num repente lhe pareceu bonito.

Uma estranha formalidade: debaixo da porta, o ofício do diretor convocava para uma reunião, às duas horas da tarde, "para tratar de assunto de seu máximo interesse". Solicitando encarecidamente que o professor Matôzo comparecesse desta vez sem falta, o diretor apresentava os cumprimentos finais. Carimbo e assinatura. *Desta vez sem falta?*

Matozo acendeu um cigarro, contemplando o ponto ótimo de viés. De fato, de qualquer ângulo a tela permanecia a mesma. Não tinha o mesmo efeito do horizonte da janela, é verdade, mas isso era só questão de criar o hábito. O olhar inventa o que vê.

— Desta vez sem falta?

Forçou a memória e tudo que descobriu foi um longínquo esbarrão na escada. "Preciso falar com você. Mês que vem." Mês ou semana? De qualquer modo, uma coisa solta, a ser confirmada. Talvez ele esperasse a iniciativa de Matozo. Mas se Matozo tomasse a iniciativa, não poderia parecer impertinência?

Desta vez iria, é claro. Um travo na boca, e a dor fininha descendo a coluna. Melhor não pensar. Fez a barba e decidiu levar um exemplar d'*A suavidade do vento*, no mesmo envelope roto. Folheou o livro mais uma vez, aqui e ali — e descobriu, estranhado, que já era a obra de um outro. A perda de parentesco. Ter escrito ou não ter escrito *A suavidade do vento* não fazia mais diferença. Melhor se o livro não existisse — antes de preencher um vazio, a obra criava-o de um modo estranho.

Vontade de beber antes de sair; mas não bebeu. Um início de tarde esquisito. Suspenso. As coisas, parece que estão para acontecer: Matozo sente, mas não sabe. Consultar o Oráculo? Consultou o relógio e saiu às pressas, a tempo de ver o diretor também consultar o relógio, observando silenciosamente o atraso, quando Matozo abriu a porta do gabinete. Frieza nos olhos. Matozo sentou-se sem ser convidado e, para enfrentar a covardia que se entranhava nele, tirou o livro do envelope.

— O senhor... já tinha visto?

— *Jota Mattoso*. Hum.

O diretor segurou o exemplar e folheou-o — zap! — como Estêvão o fizera; detendo-se na lombada, experimentou forçar a abertura do livro além do razoável. *O que ele pretende?* — e Matozo esticou o pescoço.

— Interessante. Páginas coladas. Fica mais barato, mas com o tempo as folhas se soltam.

— Eu não havia pensado nisso. É que...

Outra folheada — zap! — e de novo a investigação da lombada.

— Parece firme. Também estou publicando um livro. Sobre métodos de ensino. Vai sair pela Secretaria de Educação. Mas as edições lá são costuradas. — Outro zap!, e esticou o braço, devolvendo o livro. — Mas vamos ao que importa, professor.

(Ele disse *também*? Então ele sabe que Jota Mattoso sou eu?)

— Pois não? — e sentiu a curta vertigem, sua nova companheira: a situação era grave. Desandou: — Eu não vim antes porque... — Esperou um "tudo bem" que interrompesse, mas ele não veio. — Eu não lembrava que...

Calou-se. Um monstro miúdo escorregou pelo colarinho, grudando as patas. Matozo torceu os ombros.

— A notícia é ruim, professor. Mas, pelo que estou sabendo, vai de encontro aos seus planos.

O correto seria: *ao encontro de seus planos*. Talvez — assustava-se Matozo — fosse mesmo *de encontro a* que ele quisesse dizer. Então por que o *mas*?

— Planos?

— Você não pretende deixar a cidade?

Outra vertigem. Todas as coisas do mundo começavam a perder sentido e referência. Era inútil insistir. *Tentar a técnica da sintonia, suavemente, sem confronto. A conversa, por conta própria, organiza o mundo.*

— Sim, mas é um plano mais para o futuro. Nunca que eu iria deixar um ano letivo pela metade, se é essa a informação que o senhor tem. — Estava indo bem! Continuou: — Principalmente sabendo da dificuldade de a escola conseguir um substituto... isso nem passou pela minha cabeça, e...

— Este é um outro problema. A questão é que recebi um ofício circular da Secretaria de Educação... onde está mesmo!?

E remexeu a papelada da mesa, deixando entrever por um segundo a capa da última revista *Sul*. Matozo lembrou-se de Míriam e sentiu um desejo ardente de conversar com ela. Repetir a experiência, agora com experiência. Chegaria em casa e encontraria Míriam, idêntica, sentada nos degraus da escada. Ela diria: *Professor Matozo, eu presumo.* Ele não conseguiu controlar um riso discreto, que paralisou o diretor, olhos nele. O monstrinho meteu os dentes nos ombros de Matozo e o riso se transformou numa careta dolorida, pescoço torto. O diretor voltou à pesquisa por alguns instantes — e desistiu.

— Não sei onde está. Mas pede a suspensão imediata dos contratos de suplementaristas.

Matozo concentrou-se em silêncio num provisório ponto ótimo: o calendário de mesa da Gordo Ferragens. O diretor suspirou:

— Então é isso.

— Sei.

A teimosia do silêncio perturbou o diretor. Alguém precisava falar.

— Claro, ainda não é nada definitivo, pelo menos de minha parte. Só que quando aquele pessoal põe alguma coisa na cabeça... você sabe.

Silêncio.

— Vou fazer tudo que estiver a meu alcance para segurar você aqui. Se você quiser, é claro.

O que um idiota como ele poderia fazer na vida? Pintar pontos ótimos e escrever *O pó e as trevas*. Vender pregos no balcão da Gordo Ferragens. O diretor passou um lenço na testa.

— Você conhece alguém lá na Secretaria? Às vezes um pistolão resolve.

— Não. Não conheço ninguém.

Nem lá, nem aqui. Abriu *A suavidade do vento* ao acaso e leu duas linhas: *São duas classes: os que agem sobre o mundo, e aqueles sobre os quais o mundo age; as pessoas que se movem e as pessoas que se escrevem, umas e outras se interrogam...*

— De minha parte, professor, insisto: vou fazer tudo para manter você aqui. Você fecha o semestre agora, tira as férias de julho, recebendo certinho. Em agosto a gente vê. Na pior das hipóteses, tem ainda o aviso prévio. Aproveite para sair da cidade, viajar a Curitiba. Quem sabe você consiga alguma coisa melhor por lá?

Levantar e despedir-se? Mas o diretor parece que tinha mais a dizer. Esperou. Imaginou, num segundo, que as coisas talvez se passassem assim: o diretor, sentindo-se agredido pela ingratidão do silêncio, preparava um contra-ataque que esclarecesse de vez as coisas.

— Bom. — Pigarro. — Só tomei essa atitude porque são ordens de cima. Acho que você já sabe que jamais me deixei levar pelas pressões daqui.

— Pressões?

O diretor reclinou-se, satisfeito pelo interesse. Qualquer coisa como: *Agora ele vai ouvir.*

— Bobagens. Alunos e pais de alunos reclamando.

O monstro riscava as costas de Matozo, que se torcia.

— Como assim?

— Aquela choradeira de sempre: as aulas são chatas, as alunas não entendem. Notas baixas. Todo mês a mesma coisa. Uma mãe chegou a dizer que nem a barba você faz. Veja só. Cidade pequena é assim, a gente tem de compreender.

Matozo escondeu o queixo com a mão.

— Hoje eu fiz a barba.

O diretor não achou graça.

— Eu percebi. Mas veja: nunca levei adiante essas queixas. Sei como é. Esse ano tem sido mais com você, mas alguns anos atrás reclamavam até dos outros.

— Sei — e controlou a vertigem.

— Quanto às aulas, a matéria é chata mesmo, mas seria interessante você fazer uma especialização qualquer, juntar uns títulos. Toda hora aparece curso de extensão em Foz, mas parece que você não se interessa. O teu escaninho está com uma pilha de formulários e convites. Eu sei que é chato, esse pessoal moderno de Curitiba dizendo que eles que sabem e que nós somos burros. Mas você aguenta a lenga-lenga, pega o canudo no final, e eu tenho munição para enfrentar os pais que reclamam.

Matozo cerrou os punhos e os olhos: se fosse capaz da indiferença absoluta, essa liberdade — mas não estava pronto ainda. Doía. Com a presa entontecida pelos primeiros golpes, a voz do diretor disparou o último tiro:

— Isso quando não insinuam coisas piores. Por exemplo, aqui entre nós: correu o boato que você estava vendendo provas.

A vertigem, de novo.

— Como?

— Para você ver. E eu fui categórico: até onde eu sei, nunca ouvi falar que você vendesse provas. Eles que façam a reclamação por escrito. Mas são covardes. Implicam com você, mas não levam nada adiante.

Agora sim, jogo aberto, estendeu o braço:

— Conte comigo, Matôzo. Só dei uma pequena amostra do que tenho enfrentado.

— Eu agradeço. É bom saber.

— Há males que vêm para bem. Quem sabe você arranja alguma coisa em Curitiba? Lá o campo de trabalho é maior.

Matozo viveu a fantasia de bater a porta com força (para depois abri-la e explicar: *Foi o vento*). *A suavidade do vento*. Chegou à rua — faltava ar na cidade inteira. Coçou as costas, sentindo a textura do monstro grudado nele. *Vendendo provas*. Precisava pensar com sossego. Preparar um uísque, acender um cigarro, sentar-se à escrivaninha, refugiar-se no ponto ótimo e pensar. Havia um quebra-cabeça a ser montado cuidadosamente. Recorrer ao método científico.

As pessoas passavam, olhavam para ele e seguiam adiante. Havia sido sempre assim?

Assustou-se com a freada na outra pista da avenida — e viu Maria Louca sendo puxada com violência pelo pai, de volta à lojinha. Cabeça torta, ela acenava para Matozo com uma revista na mão. Matozo atravessou a rua e Maria de novo avançou com a revista, frenética, sob os gritos do homem:

— Volte aqui, guria! Um carro ainda te passa por cima!

Ela insistia em enfiar a revista *Sul* nas mãos de Matozo. O homem se desculpava:

— Desculpe, professor. Ela botou na cabeça que esse aí é o senhor. Passa o dia na porta, esperando o senhor passar. Já expliquei mil vezes que o senhor está saindo da cidade. O senhor não tinha viajado?

Sintonizar-se.

— Não ainda, mas estou de saída. Eu fico com a revista.

O governador sorria imenso na capa.

— O senhor nem precisa levar, professor. Ela que...

— Tudo bem. Eu ia comprar mesmo.

Pagou, acariciou os cabelos de Maria e saiu. Na calçada, folheou rapidamente — zap! — até parar na pequena foto: era ele? *Era ele!*

Incrível! Sob o título de "As Aparências Enganam", a foto de Mattoso, sorridente! Um sorriso um tanto forçado, mas era ele! Um pouquinho fora de foco, mas era ele! Aproximou os olhos da foto em preto e branco: era ele *mesmo*!

Fechou a revista. Parado, olhou em volta. Na outra calçada, passavam Marquinhos e Bernadete, abraçados. Não se conteve:

— Marquinhos! Bernadete!

Dobraram a esquina, sem responder. De fato, era muito forte o ronco do ônibus que descia; certamente não ouviram. Desandou a correr para casa, adiar mais um pouco o momento de se ver e de se ler.

Suado, depositou a revista na mesa — até o governador sorria — e foi buscar uísque e gelo. Os monstros, farejando a grande novidade, acotovelaram-se todos, babando na escrivaninha.

Quase uma página! Nem acendeu o cigarro. Começou pelo boxe com a foto.

AS APARÊNCIAS ENGANAM

Jordan Mattoso é a prova viva de que não há, definitivamente, nenhuma relação entre o autor e a obra. Quem lê o texto soturno, às vezes sinistro, de A suavidade do vento *jamais diria que seu autor é um animado escritor de 38 anos que em pleno sudoeste mantém em torno de si um autêntico cenáculo de letras. Com o entusiasmo que irradia a partir de suas aulas de literatura, Jordan promove tertúlias literárias, onde os autores da terra, seus discípulos, leem seus textos, discutem Virginia Woolf, ouvem Pink Floyd e traçam planos para o futuro. Enquanto Jordan estuda propostas de São Paulo e acompanha a boa vendagem de seu livro — a tiragem de cinco mil exemplares da 1ª edição já está quase no fim —, adianta vários capítulos de* O pó e as trevas, *seu novo trabalho, desta vez na área de ficção científica. É a pujança do interior!*

Trêmulo, contemplando o carnaval de monstros pelados que faziam piruetas na mesa, Matozo engoliu o uísque e começou a avaliar, detidamente, torturadamente, a extensão da tragédia. Tentou se fixar no ponto ótimo, o natural e o artificial, mas tudo fugia dos olhos com violência. Afinal acendeu o cigarro — mas a brasa caiu sobre a roupa, obrigando-o a dar um pulo frenético de terror, queimando a mão e a camisa. Desistiu do cigarro e recorreu desesperado ao método científico:

a) *É tudo exclusivamente culpa minha.*

b) *O que os outros estarão dizendo na cidade inteira?*

Os monstros passaram a jogar sementes de cogumelo pela sala, que cresciam e explodiam instantâneos, uns atrás dos outros.

— Ninguém lê isso aqui. As pessoas compram e assinam, mas nunca abrem. Como o exemplar do diretor. Está lá, criando pó. Nem o homem da banca lê. Só a Maria, que é retardada, abriu a revista. Se tivessem lido, teriam me falado.

Olhou para a janela: nuvens. Olhou para o quadro, afastou-se, e as duas faixas de tinta começaram timidamente a se transformar em descanso. Os monstros recuaram, sentindo um fiapo de força renascendo em Matozo.

— Se alguém tivesse lido, teria me falado. "Olá, Matozo! Vi a reportagem! Parabéns!" Ou então: "Não sabia que você era famoso! Quando vai ser a próxima reunião? Quero participar."

As batidas do coração começaram a voltar ao normal.

— É claro. A conversa do diretor teria sido completamente outra.

Mas os monstros voltaram, cada um com um alfinete na mão. Em revezamento, espetavam as costas de Matozo, divertindo-se com aquela torção espasmódica de músculos.

— Ou então leram e estão furiosos. Talvez indignados, como Estêvão: "Quanto você pagou pra sair nessa merda? Você sabe quem são os vagabundos que sustentam essa revista?"

Vertigem. Apoiou-se na mesa.

Não. As pessoas não são assim. Eu é que sou assim. Eu sou um homem que perdeu, para sempre, a medida das coisas. Posso viver mais cem anos e vou morrer sem saber o que se passa na minha cabeça. O mundo não é — o mundo não pode ser — a minha cabeça.

Talvez devesse sair por aí, com a revista na mão, explicando: *Não é nada disso. Eles se enganaram. Muita imaginação, poucos fatos. A única coisa verdadeira é A suavidade do vento. Quer ler?*

— Eles se irritaram com o meu cabotinismo. Talvez suponham que eu estou me divertindo à custa da cidade. "Cenáculo de Letras"!

E, surpreendentemente, começou a rir — um riso nervoso, que foi se abrindo em leque até a gargalhada, uma raríssima gargalhada de Matozo, beirando o engasgo. Cambaleou para a porta, abriu-a, ainda rindo, contemplou eufórico a pujante cidade vermelha que se estendia diante dele e não resistiu:

— Gostaram, filhos da puta?

Fechou rápido a porta, já com medo de que alguém tivesse ouvido. O riso se esgotou. Preparou outra dose, tentando adivinhar o cinema que acontecia na aldeia em torno da fotografia dele.

— É claro que leram. Continuam lendo, passando de mão em mão, secretamente, como revista de sacanagem.

Decidiu-se, finalmente, a ler o texto principal.

PRATA DA CASA

Visivelmente influenciado por Virginia Woolf, de quem é admirador confesso (v. boxe) *e com alguns ecos de obra hermética de Clarice Lispector, Jordan Matt'so, autor de* A suavidade do vento (Lua Livros, 1972), *é umu boa promessa. Na verdade, Mattoso não é um verdadeiro contador de histórias; não tem, obviamente, a veia de um Conrad ou de um Thomas Mann, o mergulho psicológico de um Proust ou a profundidade de um Sartre, a secura certeira de um Hemingway ou a densidade de um Faulkner. Também não devemos buscar sua filiação no experimentalismo arrojado de um Joyce ou na pesquisa formal de um Guimarães Rosa, para citar um dos nossos. E se frustrará quem buscar na obra desse estreante do interior qualquer pintura regional ao estilo de um Jorge Amado, Érico Veríssimo ou José Condé, para ficar em alguns exemplos dessa fértil vertente brasileira.*

Pálido, Matozo finalmente conseguiu acender o cigarro — e levantou-se para renovar a dose de uísque. Uma brutal confusão na cabeça e uma sensação doída de autoimpostura. E agora? De onde eles tiraram tudo isso? Como sustentar esse papel por mais tempo? E a dúvida: era elogio aquilo? Num lapso, chegou a sentir um torturado prazer. Imaginou-se falando com Estêvão, displicente: *Esses críticos descobrem cada coisa!* E voltou o riso nervoso, que só se acalmou quando ele releu o parágrafo.

— Mas afinal só disseram o que eu não sou.

O susto, terrível — talvez fosse o Estêvão que estivesse rindo: *Que pau que ele levou!*

Enfrentou o parágrafo seguinte.

Na verdade, é na estrutura textual que A suavidade do vento *apresenta alguns signos da modernidade. Praticamente abdicando de qualquer tessitura romanesca e adentrando perigosamente no terreno metafísico que fez a grandeza de um Beckett, por exemplo, Mattoso conta a história (?) de um homem/mulher que vai morrer. É arriscado, pois fica difícil imaginar que depois da obra-prima de Tolstoi,* A morte de Ivan Ilitch, *de um lado, do próprio Beckett, de outro, e mesmo de* O estrangeiro, *de Camus, sobre alguma coisa a se dizer nesse campo árido. Mas, mesmo com um texto frequentemente inseguro, às vezes redundante e quase sempre irregular — a maldição do estreante —, Jordan se sai razoavelmente bem de sua empreitada, principalmente pelo forte peso poético que imprime à sua imagística.*

— Forte peso poético da minha imagística!

Matozo deu uma tragada vingadora, soprando fumaça na cara dos monstros. E voltou à revista.

É justamente nesse ponto que seu livro se aproxima de Clarice Lispector — o que poderia levar algum lukacsiano ortodoxo a acusá-lo de alienado, já que as tensões sociais, em sentido amplo, ou mesmo as rupturas de classe, a nível específico, estão ausentes. A questão apresentada pelo grande teórico húngaro não cabe aqui: J. Mattoso não narra, nem descreve. É o corte poético que dá o tom do seu texto, numa estrutura circular; o actante principal, para usar uma expressão cara a Greimas, é a linguagem. A indefinição do perfil sexual da voz que conta, Mattoso tomou-a certamente de Orlando, de Virginia Woolf. Em contrapartida, é no parentesco com Clarice Lispector que reside o melhor de seu livro. Há momentos fortes, como o capítulo que começa com "Domingo é o dia maldito da Criação" (p. 78), momentos razoáveis, como quando o autor traça a distinção entre "o homem que se move e o homem que se escreve" (p. 30), e simples bobagens, a exemplo do clichê segundo o qual "os outros são a prova viva de que o livre-arbítrio não existe" (p. 12). Vale lembrar, entretanto, que o parentesco citado frequentemente resvala para o meramente anedótico, deixando entrever certo ranço retórico que inexiste na matriz.

Apesar de tudo, Jordan é uma voz singular que surge no marasmo de nossos horizontes. Talvez valha a pena apostar algumas fichas nesse talento promissor, na pior das hipóteses por falta absoluta de opções visíveis.

(Tony Antunes)

Para vencer o súbito nó da última frase — falta absoluta de opções visíveis, como assim? —, Matozo fechou os olhos e lembrou-se de Madalena. Desejo de beber martíni com ela, conversar ouvindo guarânias — e mostrar a página da revista. Mas o nó — uma sensação azeda — travava. Tentou fixar os olhos no ponto ótimo, mas, para não pensar resvalou de novo ao início do artigo. Leu a resenha várias vezes, sem parar, em cada turno filtrando as coisas que pareciam boas, de tal modo que podia ouvir a respiração crescentemente cavernosa e rancorosa dos monstros pendurados no pescoço.

Eram eles que estavam irritados, profundamente irritados agora!

Sim — e Matozo acendeu outro cigarro —, se a crítica avança aos solavancos, com os dois pés atrás, o resultado final era bastante respeitoso; o simples fato de ocupar quase uma página atesta isso. Está certo que por falta de opções, mas então que arranjem as opções antes de torcerem o nariz! Além do mais — ia se deliciando Matozo —, *A suavidade do vento* apresenta sinais inequívocos de modernidade, sem falar de seu corte poético e de seus momentos fortíssimos!

— Não há dúvida, sou uma voz singular! — Levantou-se, sorrindo, para preparar nova dose. — Um talento promissor! Bem, não *prometi* escrever um livro; eu escrevi um livro! E a resposta aí está: desconfiada, mas inteira. O Tony Antunes (quem será?), pelo menos ele, que não é meu amigo nem meu parente, manifestou-se com dignidade sobre o meu trabalho. — Deu uma tragada lenta e sonhadora. — O Estêvão, aquele idiota, poderia escrever setecentos volumes e jamais o Tony gastaria uma só frase para comentar. — Assimilou rapidamente a volúpia do rancor: — É por isso que esse povinho não me suporta. É por isso que querem me dar um pontapé na bunda. É por isso que...

Os monstros gostaram daquilo: enquanto Matozo se espantava juntando todos os sinais dos últimos dias, desde a cobrança do gerente até a ameaça do diretor, passando pela campanha sórdida, subterrânea e anônima que faziam contra ele, multiplicavam-se os cogumelos e as dores lancinantes na coluna: *então é isso!?* Matava a charada — mas caía no labirinto:

— Ir para onde?

Tentou se fixar no ponto ótimo, mas via apenas duas massas de tinta, a cinco palmos dele. Reconheceu até um pelo de pincel esmagado no verde. Na janela, nuvens pesadas, horizonte cinza. De onde vem essa vertigem? Rápido, Matozo: *a suavidade do vento, a suavidade do vento, a suavidade do vento...* A força está lá fora: não estufe o peito tão temerariamente. A força é a renúncia, a suave renúncia. *As pessoas não são assim, ninguém é assim; só você.*

Preparou outra dose. No espelho, passou a mão no rosto; estava frio. Um bom momento para o método científico. A voz agora boa, tranquila:

— Item *a*: livrar-se do rancor. *b*: reconhecer que os outros fazem parte de você, no corpo e na alma. É um outro professor Matozo que está vendo esta figura neutra no espelho. E esse outro professor Matozo é o ponto de encontro de cinco mil olhares. Não os despreze. *c*: cada gesto seu tem ressonância no palco. Ou você acha que é o único ator do espetáculo? *d*: saia da casca, fale *civilizadamente* com as pessoas. Não está acontecendo nada do que você pensa.

Matozo suspirou, coração mais calmo. Estava cada vez mais difícil vencer aquela ansiedade mortal, mas ele não se entregaria. Ao sair do banheiro, ouviu o barulho e voltou-se: uma pilha de monstros barrigudos e narigudos fazia micagens diante do espelho — mostravam a língua, espichavam as sobrancelhas roxas, puxavam os cabelos, arrancavam os olhos, e riam, riam, riam.

Matozo tentou sorrir com a palhaçada — *são uns pândegos!* — e acabou por se esconder no sabor da palavra: *pândegos!*

Recomeçar por onde? Ora, escrevendo uma carta de agradecimento ao Tony Antunes.

Prezado Tony Antunes:

Acabo de ler a sua amável resenha sobre a obra A suavidade do vento, *de minha autoria. Devo confessar que o seu artigo me emocionou. Minha cidade faz uma solidão! Gostei do trecho em que você...*

Parou. Havia alguma coisa errada. Olhou para o banheiro: os monstros continuavam a fazer caretas, um subindo no ombro do outro, até alcançarem o espelho — quando explodiam o riso. Levantou-se e fechou a porta, uma providência inútil; quando se sentou ela já estava de novo aberta. Era preciso mudar o trinco. Concentrou-se na carta. *Resenha? Obra?* Que petulância! *Emocionou?* Que coisa ridícula! *Você* é adequado? E se for um homem velho?

Caríssimo Tony Antunes

Acabo de ler o seu texto crítico sobre meu livro, A suavidade do vento, *que saiu no último número da revista* Sul.
Muito obrigado pelos...

Na terceira versão ele parou: havia sempre alguma coisa errada. Concentrou-se no ponto ótimo da parede, que misteriosamente ganhou profundidade.

É claro! *Não se agradece aos críticos. É o código de ética da profissão, justamente para garantir a autonomia de opinião. Mesmo porque é o próprio Tony quem diz, não há a menor relação entre autor e obra.* Ninguém pediu para J. Mattoso escrever um livro; ninguém pediu para Tony Antunes resenhá-lo; cada um gira na sua esfera — ia somando Matozo. Sim; um agradecimento formal seria bajulação; as pessoas não gostam disso. Aliviado, jogou os rascunhos no lixo.

Renovando a dose de uísque, e já bastante tranquilo, Matozo começou a se articular; quisesse ou não, entrava em nova fase da vida. Ponto ótimo nos olhos, decidiu que aquele inferno na cabeça era somente isso: um inferno na cabeça, não lá fora. É a depressão que inventa fantasias persecutórias. Se insistisse nelas, elas acabariam se tornando reais. Procurar as pessoas, *conversar*, desarmar-se. Se alguém estranhasse a reportagem, diria, com toda a naturalidade, que tudo não passara de um mal-entendido. Melhor: de uma brincadeira. Sim, uma brincadeira! Se quisessem, poderia até escrever uma carta à redação, retificando alguns dados. Quanto ao diretor, quando soubesse da repercussão positiva do livro, certamente mudaria de ideia. Como demitir um professor com o nível dele? Num gesto de boa vontade, doaria cinco — não; três é o suficiente — exemplares à estante da sala dos professores. Seria um gesto simpático, mesmo elegante; as pessoas gostam disso. Em outra frente, saldaria o resto da dívida com o Gordo, fazendo questão de pagar os juros do período. Pediria desculpas. Importante: voltar a frequentar o Snooker Bar e o jogo de general. Que coisa infantil deixar de ir lá só porque o Sandoval resolveu cobrar à vista! Se em todo lugar é assim! Com relação ao Estêvão, poderia perfeitamente se oferecer para assinar a coluna de dúvidas gramaticais no jornal. Gratuitamente. Não daria nenhum trabalho e seria um gesto de boa vontade. E por que não organizar, de fato, um cenáculo de letras, um grupo de leitura e discussão literária? Começar com Clarice Lispector. Ou com Dyonélio Machado, que tem uma linguagem mais acessível. O pessoal ia gostar.

Matozo suspirou, iluminado. Bem feitas as contas, o suposto delírio que inventou a Míriam era antes uma antevisão, um mundo potencialmente possível! Começaria organizando uma festa em casa! Arrumaria tudo, compraria cadeiras em prestações, pediria que trouxessem discos e Bernadete traria salgadinhos. Uísque ele tinha de sobra!

Em pânico com aquela alegria absurda, os monstros pularam furiosos nas costas de Matozo. Mas — é incrível! — ele ergueu os braços, ficou na ponta dos pés e ensaiou um giro de balé, sorrindo! Os dentes na pele não surtiam efeito!

— E tem mais: se a demissão for inexorável, não sou aleijado. Posso perfeitamente trabalhar em outro lugar. É até melhor!

Correu para o espelho e contemplou-se longamente. Sorriu.

— Eu pertenço a uma comunidade humana. Ninguém pode me tirar isso.

Reconheceu, surpreendido, que até então estava andando de costas: um homem imaturo, incompleto, sem referências. Agora andaria de frente.

Colocou o lado bom do Pink Floyd — e nova surpresa: a música doeu. Não suportou ouvi-la. Desligou o aparelho. Olhou para o quadro na parede, e para a noite que avançava na janela. Eram só isso: um quadro primário na parede e uma noite na janela. Ele não precisava de nada mais disso. Folheou alguns dos seus livros preferidos ao acaso, atrás talvez de uma frase fulminante e iluminadora — mas desistiu: súbito, nada lhe dizia mais nada.

— É preciso enterrar os mortos, ou não nascemos — cochichou ele, gostando de si mesmo. Quem sabe fosse esta a primeira frase de *O pó e as trevas*?

Abriu também o I-Ching, com leviandade, uma indiferença ostensiva — e leu: *DESINTEGRAÇÃO. Quando se vai longe demais em ornamentos, o sucesso se exaure. Não é favorável ir a parte alguma. Desintegração significa ruína.*

Matozo fechou aquilo de um golpe, irritado. Fechou os punhos e rezou, de olhos fechados:

— Eu sou eu. Vocês não mandam em mim. *Ninguém* manda em mim!

Os monstros recuaram: aquilo ultrapassava todos os limites. Matozo estaria louco? Encheu o copo até a borda, sem gelo. Vontade de urrar, zurrar, explodir! Declamar Álvaro de Campos no Snooker Bar, a plena voz! Um monstrinho tímido se aproximou arrastando as patas — nas mãos uma bandeira branca, mas foi inútil: Matozo chutou-o, transformando a violência num gesto de dança e rodopiando no espaço. Suado, apoiou-se na escrivaninha, relendo o texto. Sorriu. Pela primeira vez na vida, graças ao Tony Antunes, ele tinha contorno: alguém tinha visto Matozo, e feito dele um desenho. Era incompleto, era tosco, era bruto, era até mentiroso — mas as linhas fechavam, criando um ser. Começaria daí um nascimento perfeito, porque inteiro. O resto, todos os detalhes, as pequenas sombras, as rugas, as irrelevâncias, seriam lentamente preenchidos ao longo da vida; ao morrer, ele seria igual a ele.

Encheu outro copo, preparando a chegada ao Snooker Bar. Começaria jogando — não; *mostrando* a revista aos velhos amigos. *Já leram? Esse aí sou eu. Que tal?* Nada arrogante, nem displicente. Apenas uma camaradagem simpática. Prosseguiria: *Como está o jogo?*, já puxando uma cadeira e fechando a roda. Eles se espantariam: é esse aí o Matozo que conhecemos?

Matozo colocou a revista debaixo do braço.

Como última e desesperada tentativa de evitar que aquele amigo maluco completasse o desatino, os monstros arremessaram em conjunto uma lança poderosamente envenenada que, entrando pelas costas, avançou dois palmos peito afora. Só assim, sem ar, Matozo interrompeu o gesto de abrir a porta, sentindo a velha pontada na coluna, que ele sonhou enterrada para sempre. Virou-se e arremessou a revista de volta à escrivaninha.

Os monstros cumprimentaram-se aos pulos pela vitória e pela reconquista do poder.

Na rua, Matozo não se sentia mais tão seguro — e a dorzinha sobressalente começava a se espalhar pelo peito, nas costas, pouco a pouco tecendo uma teia firme no aperto. Talvez fosse fome, disfarçou. Comeria alguns salgadinhos, como nos velhos tempos. Mas, à medida que se aproximava do bar, as pernas foram pesando mais — e ele inteiro tremia. Por quê?

Porque sou um homem tímido, só isso. Raciocinou que as pessoas normais gostam das pessoas tímidas, são geralmente tolerantes com elas, porque se sentem mais seguras diante dos tímidos; diante deles, todos podem exercer a tolerância. O perigo, o real perigo — e Matozo parou para acender um cigarro, ainda incerto do caminho a tomar — *é* o tímido perder o controle do seu silêncio; como não são treinados, eles se tornam assustadores.

Já na calçada ouviu o BLUM BLUM BLUM dos dados e a inconfundível risada do Gordo, que o fez sorrir, contagiante. Quando assomou à porta, ouviu o silêncio; o Galo anotava no bloco o resultado da rodada, fazendo somas; Estêvão conferia; o Gordo não fazia nada; e um desconhecido erguia o braço ao dono do bar. Havia outras pessoas em outras mesas, alguns vultos no balcão e vários jogadores de bilhar, suspensos todos num curto intervalo de jogadas; um deles, taco à mão, fazia meticulosamente mira e cálculo, cabeça baixa, um olho fechado para melhor avaliar o ângulo da caçapa. O silêncio durou os quatro passos que levaram Matozo ao balcão, quando então a Roda voltou a girar súbita — bater de bolas, repicar de dados, risadas, pequenos gritos, água na pia, pratos, copos, brindes.

Matozo sorriu ao dono do bar, a mão erguida para pedir uma dose dupla de paz, mas o homem estava sério — antes de ouvir qualquer coisa, abriu a gaveta e tirou o caderno de dívidas.

— Veio acertar, professor?

Gesto no ar, Matozo recolheu a mão e abriu a boca, tomado de uma burrice parva. *Sentiu* que olhavam para ele da mesa dos dados. Seria o Gordo? Ao se virar, cabeças furtivas prestavam uma atenção insólita no jogo. O ar do peito começou a falhar, desorganizando a sustentação do corpo. Olhou de novo para o homem (Roval?), que continuava à espera, com o caderno à mão.

— Sim. O mês já está quase acabando.

O homem relaxou, abrindo o caderno.

— Como passa o tempo, não?

— É verdade.

Talvez eles não tivessem visto Matozo entrar; o jogo está emocionante; eles estão entretidos. Só isso. Bastava se aproximar, dar tapinhas nas costas do Gordo e do Estêvão e dizer: *Como é que está o jogo?* Ensaiou o passo, mas a perna ficou. No balcão, o homem somava. Interrompeu para perguntar:

— O senhor viaja amanhã?

Matozo demorou na resposta, mergulhado novamente naquela burrice oca de quem não tem armas para compreender. O homem sustentava o olhar, como se da resposta dependesse o resultado da soma.

— Infelizmente não. (Arriscaria *Durval?*) Antes tenho de fechar o semestre. Só na semana que vem.

De novo a sensação de que espetavam sua nuca com olhares certeiros. O homem sorriu:

— Muitas provas?

A burrice, naquele lodo, se transformava em fúria: esse o perigo mortal dos tímidos. A respiração falhava.

— Muitas.

O homem voltou aos cálculos, sorriso demorado. Matozo olhou para trás; num relance, supôs que o Galo olhava para ele; chegou a ver um arquear de sobrancelhas que simulava um cumprimento e começou a erguer a mão insegura para retribuir, mas se tratava de uma ilusão idiota — era para os fantasmas da televisão pendurada no teto que o Galo olhava, compenetrando-se em seguida no jogo. Um jogo estranho e silencioso; nem o Gordo ria. Talvez estivessem jogando a dinheiro. Sim, era isto: quando as pessoas jogam a dinheiro, por menor que seja a aposta, transformam-se em feras desconfiadas, *perigosas* mesmo. Poderia quebrar aquele ritual sinistro com a força anárquica do humor. Por exemplo: lançar duas notas de quinhentos na mesa e gritar alguma coisa como: *Estou desafiando! Quem é o pato que vai me enfrentar!?* Mordeu o riso que ameaçava romper os lábios, riso não da suposta cena, mas da simples ideia de que ele, Matozo, seria capaz algum dia de viver um humor solto, verdadeiramente alegre, de quem não tem medo de nada, de quem não deve a ninguém, nem ao dentista, nem ao vizinho, nem ao amigo, nem ao Carvalhal, que agora estendia o papel com a soma devida.

— Está aqui, professor. O senhor quer conferir?

— É claro que não!

Um gesto de boa vontade que revelava, por conta própria, uma pontinha de rancor. Como é difícil representar os sentimentos!, irritava-se Matozo no esforço de criar superioridade. Ergueu os ombros e o queixo, esticando alguns nervos, e puxou do bolso o talão de cheques, um gesto particularmente complicado, porque ele sabia desde o início que não tinha saldo no banco. O pagamento só sairia no último dia do mês. E agora? Agora ele abriu o talão, conferiu os canhotos compenetradamente, sob o olhar igualmente compenetrado do homem, como quem paga para ver e espera que o inimigo mostre as cartas. A inspeção dos canhotos estava demorando; ouviu uma risada ferina do Estêvão — *General!* — e um palavrão irritado do Galo. Matozo ganhou mais alguns segundos pedindo a caneta emprestada ao homem; mas não poderia ficar o resto da vida ali.

— O problema é o seguinte.

O homem parecia tenso, à espera. Matozo baixou a voz.

— Vou lhe dar um cheque para o dia primeiro. O pagamento não saiu ainda.

— Sei.

Aquilo era muito seco. Entreolharam-se. Matozo esperava uma aceitação mais afável, torcendo as mãos.

— Tudo bem?

O homem sorriu.

— Se não há outra solução, está resolvido.

E riu alto e solto, possivelmente para não deixar nenhuma dúvida, ao velho freguês, de que não fazia objeção alguma, é claro! Ora se tem cabimento! Matozo começou a preencher o cheque, mas a mão tremia e ele errou; o cheque seguinte, demorado, saiu razoável, pré-datado: 1º de julho de 1972. O homem leu com atenção e virou o cheque, com a intenção de anotar algo, talvez mais um cacoete que outra coisa:

— O senhor não tem telefone?

Matozo não respondeu, criando pelos — mas o homem já guardava o cheque na gaveta e sorria de novo. Estendeu a mão, cordial:

— Obrigado, professor! E boa sorte! E quando visitar a cidade, não esqueça da gente!

Matozo sorriu azedo e voltou a fitar a mesa do jogo. Aproximou-se, sentindo-se perigosamente sem controle dos próprios gestos. A voz aflita:

— Como vai o jogo?

Alguém respondeu, depois de uns segundos:

— Indo.

Nenhuma cabeça se ergueu. BLUM BLUM BLUM PRACT! Mãos nos bolsos, Matozo deu três passos incertos e chegou à porta, olhando a rua. Talvez — e o pensamento vinha difícil, macerado — devesse se voltar, pegar embalo e chutar aquela mesa com toda a força da pata. Olhou a ponta dos pés, o sapato gasto, e avaliou a dor — os monstros, pelo menos, eram macios. Talvez empurrá-la com a sola e completar o serviço arremessando cadeiras.

Talvez matá-los. Isso. Compraria um revólver em Puerto Stroessner, amanhã mesmo, e mataria um a um, com um tiro na testa. Era difícil a ideia de ir embora da cidade deixando todos aqueles seres à solta.

BLUM BLUM BLUM PRACT!

Sempre olhando a rua negra da noite, teve o pensamento esquisito de que, sem eles, Matozo e Mattoso não existiam. Sequer o Matôzo. Ele era o olhar deles, e mais alguma coisa muito próxima do peito que ele não conseguia localizar ou tocar com a ponta dos dedos. Os fios de arame apertavam mais e mais e mais. Descobriu, com espanto, que não sabia chorar. Ouviu uma cadeira ser arrastada e no espelho da escuridão imaginou um vulto se aproximando dele, de braço estendido, como quem súbito descobre: *Matozo! É você?*, e Matozo arremessou-se à rua, antes que tarde. Estava muito frio. Ao chegar à esquina, parou para acender um cigarro. Então, olhou para trás: de fato, parecia que alguém estava lá, à porta, olhando na direção de Matozo. Estêvão? Difícil saber, todas as figuras encapotadas.

Decidiu beber no Boliche. Faltou coragem para voltar a casa e enfrentar os monstros de mão abanando. Além do mais, via-se inexplicavelmente sóbrio. Com sede e com fome, mas brutalmente sóbrio — um homem curado.

Mãos no bolso, passos lentos, imaginou-se escrevendo *O pó e as trevas* só para mostrar ao mundo como a comunidade humana é sórdida, mesquinha, estúpida e irremissível. Mas no mesmo instante sentiu vergonha: não é para isso que a literatura serve.

— Aliás, a literatura não serve para nada.

Por enquanto, serviu para me destruir, ruminava ele.

Entrou no Boliche e acomodou-se numa banqueta do balcão. Olhou em volta e gostou: um espaço largo, praticamente vazio. Só dois fregueses jogavam boliche numa das cinco canchas, dezenas de mesas sem ninguém e ele no balcão. Um barulho metódico: a bola rolava longe, fazendo eco, e derrubava os pinos, rapidamente levantados por um moleque que parecia se divertir lá no fundo. De repente Matozo viu um homem trôpego se aproximar:

— Por que você não vai embora daqui?

O homem, muito bêbado, estava próximo da queda.

— Como?

— Eu digo para ir embora da cidade! Sumir! Você se acha muito importante? Pois é uma boa merda! — Ergueu a voz: — Já disse! Pegue o ônibus e se arranque!

Matozo pulou da banqueta, emudecido pelo terror — o homem avançava.

— Já disse! Ninguém quer você aqui! Não ouviu?

A bola parou de rolar na cancha. Antes que Matozo pudesse entender, recuando — o homem tencionava esmurrá-lo —, o dono do bar surgiu correndo de alguma porta:

— Deixe comigo, professor!

Agarrou o bêbado pelo casaco e arrastou-o para fora; o homem resistia aos solavancos, até ser arremessado na calçada:

— E não me volte nunca mais!

O homem levantou-se lento do chão, simulando dignidade, fez uma banana dirigida a ninguém e finalmente decidiu-se a subir a rua. O dono do bar esperou alguns momentos para se certificar de que ele não voltaria, e entrou esfregando as mãos no avental.

— Desculpe, professor. Foi só eu me distrair um minuto e esse vagabundo me apronta outra. Só porque a mulher dele fugiu com o carpinteiro, ele resolveu vir aqui todas as noites espantar minha freguesia. Chega quietinho, pedindo desculpa, se esconde no canto, enche o rabo de pinga e de repente resolve mandar os outros embora. Já é a terceira vez. Chega!

Matozo finalmente conseguiu dar uma risada solta Voltou à banqueta, um pouco mais relaxado.

— Uma dose dupla, professor? Pra esquentar? Pois é. Como ele não consegue ir embora da cidade, quer porque quer que a cidade vá embora e deixe ele em paz. Ele diz que chegou antes! — Riram. — Acho que ele não aguenta mais andar por aí com os outros apontando o dedo: ó, a mulher dele fugiu com o carpinteiro.

E o homem ria, deliciado. Matozo também.

— Não sei por que essa tragédia. Se a minha patroa fugisse com outro, cá entre nós, até que eu dava graças a Deus! — Seguiu-se uma gargalhada. — É triste, professor: por meia dúzia de trepadas a gente se estrepa a vida inteira! Mas é a natureza, que fazer Feliz é o senhor.

Matozo eriçou-se:

— Como assim?

— Pois não tem mulher, e aposto que nem sente falta. Está apertado, vai pra Foz, molha o ganso e volta novinho pra cá, sem ninguém aporrinhando. Não é verdade?

Matozo sorriu, com o pé atrás; e lembrou Madalena.

— É bem assim.

— Pois dá inveja. Veja só esse coitado: levou azar, casou com uma puta e agora passa o tempo levando cuspida. Vou lhe dizer uma coisa: esse homem ainda vai morrer de vergonha. Eu digo *morrer mesmo*. — Finalmente Matozo viu o copo se aproximar. — Com gelo ou sem gelo?

— Sem gelo.

— Se ainda ficasse em casa, sossegadinho, curtindo o chifre! O povo esquecia. Mas não. O burro sai por aí gritando o quanto é desgraçado, e depois expulsa os ouvintes da cidade. — Outra risada. Em seguida, balançou a cabeça, sério: — A gente fala, mas deve ser foda mesmo, né? E o carpinteiro era sócio dele. Tem mulher filha da puta nesse mundo. Vai um salgadinho? Ó, esses pastéis foram feitos ainda há pouco.

Matozo pediu meia dúzia. E o homem soltava a matraca:

— Sabe que me dá pena? Eu nem cobro a cachaça dele, o senhor viu, ele foi embora sem pagar. Coitado.

Ambos balançaram a cabeça, filosóficos O homem continuava.

— Pensando bem, o que ele devia fazer mesmo era sair daqui, ir pra longe, fazer vida nova. Não é quadrado, que se vire. O senhor não acha? Às vezes há males que vêm para bem. Não é verdade?

Matozo mastigava e concordava. Estava gostando daquilo: o homem, cordial, ia preenchendo o vazio e não exigia nada em troca. Há alguns anos, se em vez do Snooker Bar tivesse escolhido o Boliche, talvez hoje sua vida fosse completamente diferente. Divertiu-se inventando o aforismo: ao iniciar a vida adulta, escolha bem o seu bar; um erro pode ser fatal.

— Mas parece que quem também está de saída é o senhor?

Matozo interrompeu a mordida do pastel e arrepiou-se. Ele que não se esquecesse do que o mundo inteiro lhe dizia, cada vez mais ostensivamente. Sentiu saudade dos monstros, que quase sempre eram mudos. Finalmente aceitou. *A suavidade do vento.*

— É verdade. Quem lhe contou?

— Parece que foi a dona Eunice, que aluga o apartamento pro senhor. Se não me engano o senhor está com uma proposta boa lá em Curitiba.

— Renova a dose pra mim? — e estendeu o copo vazio. Esperou o homem enchê-lo. — Sim, mas não é nada certo ainda. Vou só dar uma olhada. Até estou evitando comentar, porque...

— Claro, claro! Isso fica entre nós. Sei como é. Numa dessas alguém corre na frente e o senhor fica sem o emprego.

— Não é por isso, é que...

— E eu pensei cá comigo: olha só, o professor, bem instalado na casinha dele, solteirinho da silva, aqui nessa terra cheia de futuro pela frente, o professor larga o conforto e vai arriscar a vida na capital

— Pois é.

Foram interrompidos: os dois fregueses, terminada a partida, se aproximaram para pagar a conta, junto com o menino dos pinos, que aceitou a gorjeta e desapareceu. Ruídos na calçada; Matozo virou-se a tempo de ver Marquinhos e Bernadete, abraçados. Entrariam? Não; percebendo que o Boliche estava praticamente vazio, e com certeza sem verem Matozo no balcão, passaram adiante. *Amanhã mesmo mando os poemas de Marquinhos pelo correio. E dia 2 vou para Curitiba.* Suspirou: pela primeira vez a ideia da viagem surgia inteira, definitiva — libertadora mesmo. Despachados os fregueses, o homem voltou.

— Porque lá em Curitiba é o tipo do lugar que você tem de fazer a barba todo dia.

Matozo esvaziou o copo.

— E o senhor ainda é de uma profissão triste, magistério. Como é que o governo está pagando?

— O de sempre.

Por que o homem não voltava a falar dos outros? A dor na coluna renasceu súbita, desajeitando Matozo na banqueta. A sombra do torcicolo tocou levemente, com a unha, o seu pescoço; e estava frio, muito frio. Pediu outra dose dupla. Arrependeu-se; deveria ir para casa beber sozinho e de graça, mas o copo já estava cheio na sua frente. Começou a esvaziá-lo, sentindo um gosto diferente.

O homem não parava; fazia de si mesmo um exemplo, um grande exemplo; chegou ali com uma mão na frente e outra atrás; mesmo sem dinheiro, comprou o barracão do Boliche de um alemão quebrado; hoje, dava um bom dinheiro, principalmente no verão; para o inverno, só precisava melhorar o isolamento, colocando paredes duplas, o que ele já estava providenciando; os filhos estudavam fora, e a mulher já não incomodava tanto, melhorou dos nervos; o lugar crescia e se endinheirava; ele tinha amigos e boa saúde, graças a Deus; e... — mas o professor, inexplicável, pediu a conta.

— O senhor não está bem?

Uma vertigem seca, à beira do desmaio; apoiou-se no balcão. Reservou as últimas forças:

— Essa terra não serve nem para morrer. A alma será espicaçada pela eternidade. Pó e trevas.

O homem não ouvia aquele esgar — correu atrás do saleiro.

— Ponha sal na língua. É um santo remédio.

Matozo obedeceu.

— Está melhor, professor? O senhor não quer deitar um pouquinho? Tem um sofá ali na salinha.

Tirou o dinheiro do bolso.

— Estou bem. Quanto é?

O homem entendeu aquela rispidez; não era grosseria, era bebedeira. Acompanhou Matozo até a calçada, passos ecoando no vazio do salão.

— O senhor não quer mesmo que eu lhe acompanhe?

Matozo não respondeu. Atravessou a rua, oblíquo, olhando a terra e ouvindo a simpatia da maldição:

— O senhor ainda vai voltar, professor! Quem bebe dessa água...

No primeiro degrau, apoiou-se na parede. Quando abriu os olhos, reconheceu na sombra os sinais toscos, riscados a carvão: VIADO. Esfregou o reboco com força, até queimar a palma da mão, agora suja; doía.

O motorista do táxi ouviu atentamente as instruções de Matozo, que parecia aflito — uma pensão simples, *barata*, caseira, próxima do Centro, para passar um mês de férias: *coisa simples*, insistiu —, avaliou a fisionomia, a roupa, a ansiedade, a voz, a mala do freguês, fez uma síntese intuitiva e foi direto à rua 13 de Maio, parando diante de um pequeno prédio cinza, dos antigos, com a placa PENSÃO FAMILIAR na porta. Explicou:

— Fala com a dona Izolda. Diz que foi o Mário do táxi que recomendou.

Matozo olhou a fachada, inseguro.

— É um lugar bom?

— É como o senhor pediu. — Conferiu o taxímetro. — São tantos cruzeiros.

Matozo pagou, dispensando o troco — *táxi é só hoje mesmo*. O homem agradeceu, lembrando:

— Não esqueça: dona Izolda. E eu sou o Mário do táxi. Boas férias!

E arrancou. Matozo tentou abrir a porta até descobrir um botão de campainha com a plaqueta: APERTE AQUI. Obedeceu e esperou. A porta se abriu sozinha, revelando uma escadaria íngreme de madeira. Pisou no primeiro degrau:

— Dona Izolda?!

Uma voz do alto:

— Suba!

Matozo obedeceu, carregando a mala. Descobriu que um engenhoso sistema de barbantes abria o trinco lá de cima. Olhou para trás: a porta fechava sozinha, escurecendo os degraus. Subiu em direção a uma figura que parecia grande, mas que diminuiu quando chegou diante dela: uma mulher ainda jovem.

— Dona Izolda?

— Sou eu. Quer um quarto?

— Sim. Eu...

— Quanto tempo?

— Um mês.

Izolda avaliou agudamente o hóspede.

— Está procurando emprego em Curitiba?

Ele largou a mala no chão, sem jeito. Gaguejou:

— Não, bem... eu tirei um mês de férias.

Desviava o rosto. Ela gritou para a porta:

— Ferreira!

Um homenzinho surgiu.

— Leve a mala do moço até o quarto que vagou na frente.

O homenzinho obedeceu, rápido; atrás dele seguiu Izolda e, por último, Matozo, que se sentiu curiosamente protegido: uma mulher enérgica. Surpreendeu-se: quarto bom, iluminado, com um janelão que revelava telhados velhos e alguns prédios adiante. Em pouco tempo descobriria um novo ponto ótimo.

— Eu costumo cobrar o mês adiantado.

— Certo, eu...

Seguiu-se uma tabela complexa de preços — diária, semanal, mensal, com roupa lavada, sem roupa lavada, refeições incluídas, refeições avulsas, almoço, jantar, café da manhã. Matozo estudou as possibilidades — achou os preços bons — e escolheu pagar o mês com roupa lavada e almoço incluídos. Por trinta dias estaria salvo. Da porta, Ferreira admirava o pagamento, nota a nota, que Izolda recebia com satisfação profissional. Faltavam detalhes:

— Você tem documentos?

Ele entregou a carteira de identidade.

— Hum, Josilei Maria. Ferreira! Anota lá no livro: Josilei Maria. — O homenzinho correu, Izolda gritou: — Não esqueça de marcar o dia de entrada!

Para Matozo, ela deu mais algumas instruções, principalmente que ele procurasse respeitar o horário do almoço. E súbita:

— Você é professor?

Mais três ou quatro perguntas e Matozo viu-se inteiro revelado, mas desta vez não se angustiou: ela também se revelava. Por trás da rispidez, ele adivinhou um carinho enviesado.

— Não me leve a mal, Josilei, mas só uma última coisa: pelo amor de Deus, não me traga mulher para o quarto. Isso eu não admito. Nem pagando o triplo!

— É claro, dona Izolda, eu... — e antes que ela fechasse a porta: — Ah, ia me esquecendo: quem me trouxe aqui foi o Mário do táxi.

Uma gargalhada demolidora:

— Se aquele traste está pensando que assim não precisa pagar o que me deve está muito enganado! Mas obrigada pelo aviso. E agora descanse, Josilei, que a viagem foi comprida. Chamo na hora do almoço.

Sozinho, Matozo suspirou, otimista: as coisas estavam bem encaminhadas, com um início assim! Poderia viver ali por muito tempo!

Trancou a porta, colocou a cadeira no meio do quarto e contemplou o quadro da janela. *Tudo* era diferente! Ângulos, telhas, prédios, antenas e até um galho de árvore buscando espaço entre duas retas. O azul do céu era um pouco mais ralo, mais tinta branca que azul. O olhar não se aquietava, correndo em diagonal daqui para lá, de cima para baixo, voltando de viés. Levaria algum tempo até descobrir o ponto ótimo — era questão de ir deslocando a cadeira até surpreendê-lo. Imaginou que para aprisioná-lo precisaria de bico de pena, não pincel. A ideia não era má. Quem sabe?

Abriu a mala, ocupou o guarda-roupa com algum método e empilhou cuidadosamente os dez volumes de *A suavidade do vento* na mesinha de cabeceira. Procurou e achou o envelope meio amassado no fundo da mala, colocando nele um exemplar escolhido a dedo. Andaria sempre com ele. Quem sabe? Colocou a mala vazia sobre o guarda-roupa, tirou a cadeira do centro do quarto e olhou em volta.

Tudo bem. Quer dizer, havia algo *vazio* em volta, que ele lutou alguns minutos para definir. Sentia falta dos monstros? — e riu. Não, nenhuma saudade. Iria reencontrá-los se tivesse de voltar, uma hipótese que ele deixava no balcão do futuro, uma espécie de limbo; o tempo é *suave*. A dor na coluna, que ensaiou algumas pontadas de afinação prévia, ele atribuiu-a mais ao desconforto da viagem que à ansiedade. Que, aliás, era quase nenhuma! Só pequenos arrependimentos, como o de não ter trazido nenhuma garrafa de uísque. O preço em Curitiba seria outro, certamente. Bem, diminuir o volume de bebida também fazia parte do projeto de reestruturação completa da vida.

Finalmente deitou-se, mãos na nuca, olhando a lâmpada pendurada. Gostou da expressão, que lhe pareceu forte, sonante, definitiva: *projeto de reestruturação completa da vida*. Não conseguia acreditar completamente nele, mas não custava tomá-lo como referência. Algum desvio, para melhor, resultaria dele. Mesmo porque nem opção era: era necessidade absoluta. Ele era *obrigado* a reestruturar completamente a vida. Como tudo dependia dos outros, ele *forçaria* alguns deslocamentos no espaço, como um jogo de tabuleiro; uma peça avança, outra recua, outra desvia, outra cai fora, uma nova surge, de modo que ao final de alguns lances a situação é outra, embora pareça a mesma. Ou continuará a mesma, embora pareça outra? Fechou os olhos e cochilou, sem sonhos, até ouvir a batida na porta: almoço.

O almoço coletivo foi indolor. Depois dos cumprimentos-padrão, no que Matozo se saiu muito bem, os quatro ou cinco hóspedes pouco conversavam em torno da mesa, e assim ele pôde desenhar sossegado uma estratégia para aquela tarde, enquanto mastigava a comida.

Começaria reconhecendo o tabuleiro. Na esquina fez a única pergunta da tarde — *Onde é o Centro?* —, respondida com um dedo apontado. Seguiu a indicação e chegou a uma praça chamada Tiradentes. Inspecionou algumas estátuas, girou gostosamente em volta e decidiu-se a dar alguns lances para baixo, chegando a outra praça, esta mais acanhada: Carlos Gomes, leu na placa. Nova inspeção, e, como um labirinto, desviou para a Rui Barbosa, de onde, pressentindo limite, voltou à direita, chegando a um novo quadrado do jogo: praça Osório. Refez mentalmente o percurso, tentando dominá-lo. Dali disparou em linha reta — rua XV de Novembro — até desembocar num espaço aberto: praça Santos Andrade. Descansar duas jogadas. Contemplou as obras do teatro Guaíra, os pinheiros, o céu: e fez um lance irregular à esquerda, descobrindo a floresta do Passeio Público, que atravessou, desembocando num espaço aberto onde havia um enorme homem de pedra, nu, de punhos cerrados. Descobriu, fascinado, que estava a dois ou três lances do início! E a tarde estava no fim!

Uma tarde fortíssima. Sentou-se num banco da pracinha e, só agora, acendeu um cigarro. Tinha vivido algumas experiências notáveis. A primeira, brutal, era a limpeza: ali não havia nem pó, nem barro. Matozo intuiu que isso devia modificar as pessoas. As pessoas, aliás, eram outra surpresa: um grande número de seres bonitos, bem-vestidos, com boa postura, aparentemente *seguros, indiferentes mesmo!* Isso também pode influenciar as pessoas; pode até levá-las a incorrer em erro, avaliou. Outra descoberta agradável foi a extensão do tabuleiro: era curto. Sem nenhuma ajuda além do primeiro lance, ele pôde dominar os limites. Logo adiante deles começava uma faixa rarefeita e desconcentrada, de pouca altura e rumor. No coração, o jogo se repetia: Matozo viu três rostos iguais em diferentes cruzamentos de espaço e tempo (uma experiência cada vez mais frequente nos dias seguintes). Fechou os olhos e inverteu o lance: por certo ele também foi visto em pontos diversos pelo mesmo olhar. Desenhou mentalmente o próprio roteiro e descobriu um oito, que, deitado, representa o infinito. Um bom augúrio! Lamentou agudamente ter deixado o I-Ching para trás. Aquele era um bom momento para uma consulta. *Como estou?* Fechou de novo os olhos, abriu o livro imaginário e leu: *A QUIETUDE (MONTANHA)*. Lembrou-se: *As coisas não podem se mover incessantemente. É preciso fazê-las parar.*

Que dia agradável!

Houve apenas um momento de perigo: entrar nas livrarias. Porque embora Matozo sacudisse a cabeça com violência cada vez que os andaimes da vaidade começavam a se erguer, antevendo *A suavidade do vento* exposto em lugar de honra, e mesmo flagrando um comprador fascinado com o livro, embora mordesse os lábios, com força, tentando ver somente o que ele via, a imagem voltava a se aninhar no sonho. Assim, entrar numa livraria e não descobrir *A suavidade do vento* em lugar nenhum foi uma pontada no ombro que ameaçava subir irremediavelmente no pescoço, de onde não sairia tão cedo. Passava rápido pelos best-sellers coloridos, atraentes, acetinados, que eram um convite à inveja miúda (Esses malditos escritores populares!), um sentimento que Matozo jamais conheceu, e detinha-se, modesto, nas outras prateleiras, capa a capa, atrás da suavidade. O pior: teve vergonha de perguntar pelo livro às funcionárias (que não saíam do seu pé), porque afinal *A suavidade do vento* estava no envelope, na sua mão, e lhe parecia dolorosamente ridículo perguntar por ele mesmo. E ainda que vencesse essa etapa, suando frio havia o terror da resposta, que certamente seria:

— Nunca ninguém aqui ouviu falar em *A suavidade do vento* e Jota Mattoso. É esotérico?

Muito pior: chamariam o gerente, que faria um inquérito detalhado, ao final do qual, ele, Matôzo, acabaria confessando que, na verdade, era Mattoso. Assim, fez a pesquisa meticulosa por conta própria, sem abrir a boca. O que se repetiu demoradamente na outra livraria que encontrou pelo caminho — felizmente não esbarrou em mais nenhuma.

Mas foi fácil vencer essas pequenas pontadas lançando mão de uma breve trapaça: *Já venderam todos!* Um céu daqueles, de um azul frio e rarefeito, não dava espaço para a tristeza. Já no Passeio Público, especulou que às pessoas tímidas deveria ser vedado escrever livros. Um livro é um ato de agressão, uma perigosa alternativa ao mundo supostamente real, que exige mão firme, língua solta, peito estufado e força física para sustentar. Quem escreve um livro embrenha-se em uma selva sem retorno; nada e ninguém se deixam escrever sem luta; as coisas não são paisagem.

Especulou só até aí, antecipando-se a uma provável melancolia, e continuou a andar com prazer. Agora, sentado no banco da pracinha, pensava no futuro. O que fazer à noite? O que fazer amanhã? O quer fazer nas semanas seguintes?

Trataria somente da noite. Amanhã, já mais familiarizado com o tabuleiro, cuidaria da reestruturação completa da vida. Aquela caminhada acumulou reservas: não bebeu nem fumou nada, e fez dois lanches saudáveis. Decidiu não voltar cedo à pensão; não só ficaria sem assunto, no quarto, como ainda corria o risco de ter de responder às perguntas cortantes de dona Izolda. Assim que arranjasse trabalho, com a vida já reestruturada, deixaria se interrogar com prazer, a manga cheia de cartas gordas para mostrar.

Recomeçou a andar, lentamente, em direção ao Centro. O tabuleiro escurecia, mas ele gostou das luzes e se sentiu seguro, reconhecendo as coordenadas e os limites do jogo. Desenhou outras retas, agora diagonais, abruptas, explorando novas quadras, espaços e fachadas, e voltando sempre às linhas mestras; a cidade, dócil, deixava-se reconhecer. Descobriu o prazer do cafezinho público: pequenos balcões no miolo da cidade vendiam unicamente café. Ele gostou daquilo. A xicrinha vinha muito quente, de modo que ele esperava esfriar, ganhando tempo e olhando discretamente em volta: grupos de homens de quarenta anos ou mais, xicrinhas à mão, falavam alto e repetiam várias vezes a palavra "porra!", com erres vibrantes. Num dos cafés, esqueceu *A suavidade do vento* no balcão, mas a funcionária alertou-o em seguida. Três homens pararam de falar enquanto ele voltava para pegar o envelope; quando ele se afastou, voltaram a conversar.

Às nove e meia começou a sentir dor nas pernas, uma dor que ele achou boa porque exclusivamente física. Comeu duas fatias de pizza, bebeu um copo de vitamina e decidiu ir ao cinema. O Cine Avenida anunciava *Matar ou morrer*, em preto e branco, com Gary Cooper. Mas ele atravessou a rua e entrou no Ópera, onde assistiu *Ânsia de amar*. Sentiu-se bem, confortável, cosmopolita — e gostou particularmente da cena em que pessoas numa arquibancada acompanhavam um jogo de tênis, virando mecânicos a cabeça de um lado para o outro, ao sabor de uma bola imaginária. Pela primeira vez no dia, sentiu vontade de conversar com alguém.

À saída, surpreendeu-se com a brutalidade do frio e refugiou-se num café quase vazio. Do balcão, trêmulo, com pouco controle sobre as mãos e os dentes, ouviu um grupo de encapotados comentando o filme. Um homem de rosto seco, óculos pesados de míope, achava que a câmera tinha sido cruel ao flagrar Ann-Margret entrando nua no banheiro; coxas excessivas, pelancas visíveis. Ouviu protestos bem-humorados. Matozo demorou-se com o café, orelhas e olhos atentos. Num momento, teve a sensação de que falavam de literatura. Aproximou-se discreto, mas o grupo logo se desfez, um para cada lado. As pessoas todas se dissolviam, rarefeitas no frio.

Tomou o rumo da pensão, descobrindo a noite esvaziada, em que seres erráticos sobravam ao acaso, um chutando latas de lixo, outro acomodando-se sob marquises e trapos, outro assobiando agudo e cortante e ouvindo uma resposta adiante. Escondeu-se num boteco da Tiradentes, iluminado de bêbados friorentos, calos nas mãos, olhos injetados, prostitutas enfastiadas — e um gelo no ar. Vacilou entre o conhaque, o uísque nacional e a cachaça, fazendo contas, decidindo-se afinal pela cachaça, no balcão mesmo. Em algumas doses conseguiu vencer a ansiedade de fim de noite, o medo de deitar e não ter sono, de passar a madrugada imóvel, em silêncio, vendo e revendo os passos do dia, uma roda viciada. Já aquecido, foi até a porta — mas voltou para uma última dose; e mais uma, e outra, e de fato a última. Ficaria mais tempo, mas uma breve tontura convenceu-o a sair, desta vez sem esquecer *A suavidade do vento*. As pernas duras de frio, uma caminhada difícil.

No meio da praça ouviu um chamado do escuro. Parou, e reconheceu uma mulher sombria, cujos dentes propunham alguma coisa que ele, paralisado, custava a entender. Ela insistiu:

— Então? Vamos?

Um homem estupidamente sério, no limite da idiotia, segurando um envelope cifrado na mão. Tinha de responder alguma coisa, a mulher aguardava com ansiedade agressiva. Ele lembrou-se de que não era permitido levar mulher à pensão de dona Izolda; e também não lhe parecia adequado entregar-se, virgem, a um vulto incerto. Se fosse Madalena, ou Marquinhos, ou qualquer ser que lhe desse tempo...

— Hoje não posso.

A mulher avançou, nariz e dentes iluminados; Matozo recuou, voltou-se e apressou o passo, sem decifrar o xingamento que rasgou a praça.

Na pensão, outro contratempo: a porta fechada. Teve de esperar alguns minutos, em suspensão gelada, até que alguém puxasse o barbante e ele pudesse subir.

A estrutura desse primeiro dia de Curitiba repetiu-se nos dias subsequentes, com pequenas variáveis. De visível, multiplicavam-se os riscos sobre o Tabuleiro — no fim de uma semana, uma fina teia de passos fechava espaço e tempo nos limites de Matozo. De invisível, o método científico, que resumia o futuro em dois tópicos, inescapáveis:

a) conseguir um emprego em Curitiba e mudar-se;

b) não conseguir o emprego em Curitiba e voltar.

Assim, poucas novidades se acrescentavam ao silêncio — e em silêncio Matozo tateava o futuro, em gestos dúbios de quem quer agir mas não tem força. *Um emprego vale o sofrimento de pedi-lo?* Uma visita à Secretaria de Educação — para ficar livre — deixou-o realmente livre. Alguém lhe disse, sem levantar a cabeça, que haveria um provável concurso no fim do ano. Passou a rodar escolas particulares, com endereços da lista telefônica de dona Izolda, mas um bloqueio inexplicável impedia-o de entrar. Na única vez em que correu o risco, bastaram alguns passos pelo corredor do prédio para sentir a própria fraude: alguma coisa nele relutava. Falou ao homem como quem oferece uma recusa, e conseguiu. Disfarçava comprando jornais, atrás de ofertas. Chegou a subir num vigésimo andar, onde teria de deixar a carteira de identidade em troca de cinco apólices de seguro. Bastava vendê-las e estaria rico. Voltou ao chão. Nos momentos agudos, quando soprava o pânico, recorria ao método lembrando que ele ainda tinha uma casa alugada e dinheiro para dois ou três meses, talvez mais. Mas se sentia num deserto: o deserto era a cabeça dele, e a cidade parecia incapaz de povoá-lo. Ele queria, talvez, chegar ao último limite, aquele em que não depende de nós a ação. *A QUIETUDE.*

No sebo de livros usados, perdia horas vasculhando velharias. Um título chamou sua atenção: *Textos para nada*, de Samuel Beckett, uma edição portuguesa. Na capa, a fotografia em preto e branco de um homem seco. Fantasiou que, mais velho, ficaria semelhante a ele, mas sem aquela energia aguda no olhar. Começou a ler o primeiro texto.

O EXPULSO. A escadaria não era alta. Eu contara os degraus milhentas vezes, tanto ao subir como ao descer, mas já não tenho o número presente na memória. Nunca soube se devia contar um com o pé no passeio, dois com o outro pé no primeiro degrau, e assim sucessivamente, ou se o passeio não devia contar. Chegado ao cimo dos degraus, tropeçava no mesmo dilema. No outro sentido, quero dizer, de cima para baixo, era idêntico, a palavra não é demasiado forte. Eu não sabia por onde começar nem por onde acabar, digamos as coisas como elas são.

Matozo fechou súbito o livro, sentindo a emoção cortante de um texto exato cravando-se na pele.

— Tony Antunes tinha razão. Por que não falar com ele? *Agora?*

— Como, senhor?

— Perdão. O preço deste livro.

Pagou e saiu à rua, febril. Pensou: a vida, a massa disforme, tediosa e redundante de gestos e coisas que se amontoam sem critério na alma e fora dela, inclui pequenas chaves cifradas, senhas, iluminações sutis, que quase nunca se percebem na tela fosca; agora ele sabia — aquele era um momento assim, *capaz de transformar!*

Que céu, às três da tarde! Mais tinta azul que branca, e um frio humanizado.

Debaixo do braço, *Textos para nada* e o envelope com *A suavidade do vento* — e avançou rápido pelo Tabuleiro em direção à revista *Sul*. Desta vez entraria.

Do lado de dentro do balcão, diante de uma máquina de escrever, uma moça lixava as unhas. Nos fundos, um jovem de barba parecia cochilar, mãos na nuca, pés sobre os papéis da mesa. Matozo respirou fundo: depois da primeira palavra, as vozes avançam por conta própria. *A QUIETUDE.*

— Por gentileza.

— Pois não? — e a moça ergueu os olhos.

— Eu... estou procurando o Tony Antunes.

Ela olhou para o barbudo — *Você conhece, Morais?* —, que abriu um olho, depois o outro, com um discreto sorriso nos lábios.

— Tony Antunes?

Matozo fez que sim e depositou os livros no balcão, ganhando tempo. Certamente perceberam que ele estava nervoso. Morais tirou os pés da mesa, interessando-se, sorridente:

— É só com ele?

A jovem acompanhava a conversa, lixa de unha imóvel no ar.

— Bem, acho que sim...

Morais se aproximou finalmente do balcão, divertido:

— Só tem um problema: Tony Antunes não existe.

Matozo não entendia, mudo.

— É pseudônimo. Eu pensava que todo mundo soubesse! É sobre o quê?

Vertigem.

— Pseudônimo? Bem. Eu não sabia. É sobre uma crítica do livro *A suavidade do vento*. Saiu há...

Mas a explosão da gargalhada calou brutalmente Matozo, que se apoiou no balcão. Morais tomou ar:

— Ah, aquele troço que o Luís inventou não sei daonde? — Continuava a rir um riso saboroso. — Foi o Luís que escreveu. Eu ainda tive de copidescar aquela bosta. Ele não trabalha mais aqui.

Matozo sustentou pesadamente o silêncio. Morais explicava:

— Ele voltou pra São Paulo, de onde não devia ter saído, cá entre nós.

— A Míriam também foi? — interessou-se a jovem, voltando às unhas.

— A foca chata? Acho que foi. — A conversa continuou entre eles. — Passava a tarde aporrinhando a redação, pendurada nele.

— Ah, Morais, eu achava ela boazinha. Muito simpática.

— *Boazinha?* Você nem imagina o que...

Matozo acompanhava o diálogo, virando a cabeça pálida de um lado a outro, até que afinal Morais olhou fixo para ele, encolhendo o riso, deixando revelar num segundo mortal a suspeita de uma relação entre a fotografia em preto e branco da revista e aquele idiota no balcão. A suspeita transformou-se em certeza, já irremediável; faltou ar:

— Bem... ele gostou do livro, que eu nem li, na verdade ninguém leu, uma trabalheira aqui na redação... Ele não sossegou enquanto... bem, ele *insistiu* para escrever a matéria, e o Neves, que é o editor, meio avoado, concordou. Mas... olha, eu não tenho o endereço dele em São Paulo, mas se... — e um risinho patético se espraiava à revelia.

Matozo sentiu outra vertigem curta — mas súbito a vida se iluminava, passo a passo:

— Pois era justamente sobre isso que eu queria falar.

Morais emudeceu, tentando adivinhar que espécie de fúria contida parecia surgir diante dele. Matozo soletrava:

— Esse artigo me criou problemas que eu quero esclarecer. Agora.

Morais tateou:

— Como assim? Que tipo de problemas? Você é o... como era mesmo o nome? Mattoso?

— Exatamente isto: *eu não sou Jordan Mattoso.* Meu nome — ele tirou do bolso a carteira de identidade — é Josilei Maria Matôzo, como você pode conferir aí.

Morais conferiu, sem entender. Olhou para a foto da carteira, e para a figura real, à espera. Matozo respirou fundo, indignado:

— Moro na região há muitos anos mas nunca escrevi livro nenhum. Por alguma razão a foto que saiu na revista é parecida comigo, mas não sou eu, como vocês podem comprovar. — Frisou bem: — Não sei quem é nem nunca vi esse Mattoso da revista; e na minha cidade ninguém conhece.

Morais coçava a barba, tentando entender aquilo.

— São sobrenomes simplesmente... — quase disse *homófonos* — ... parecidos. E você pode imaginar a confusão que isso me trouxe na cidade. É por isso que vim aqui pessoalmente. Eu não sei nem quero saber de quem foi a ideia estúpida desse artigo. Quero só esclarecer expressamente o equívoco e espero que a revista se retrate. Isso está me prejudicando, inclusive profissionalmente.

O espanto ainda durou alguns segundos na cabeça de Morais, até que, afinal, decifrou a charada, explodindo outro riso libertador:

— Mas que grande filho da puta me saiu esse Luís! — Passo a passo, andando na saleta, ia fechando o quebra-cabeça: — Esse desgraçado *inventou* um livro, um autor, uma biografia... o babaca deu uma de Borges e fez todo mundo aqui na revista de palhaço!

Matozo, severo, mordia o lábio, que insistia em tremer. Que aquilo acabasse logo, ele precisava de ar.

— A questão é que eu não tenho nada com isso.

— Claro... claro... — Rodava na saleta, batendo o punho na testa. Voltou a rir: — Então o livro não existia mesmo... mas eu juro que vi aquela merda, uma capa preta horrorosa, parecia apostila mimeografada. Será que o Neves viu? Você viu, Fulana?

Fulana lixava unhas, rindo:

— Eu não! Mas que foi bem bolado, isso foi!

Morais não se conformava:

— Mas seu... — olhou a identidade — ... seu Josilei, não foi uma moça entrevistar o senhor lá na cidade?

— Mas se estou lhe dizendo que não escrevi livro nenhum!

— Sim, é claro, desculpe... — e mais um pedaço se ajustava. — É isso: o Luís aproveitou a viagem da Míriam pra buscar maconha no Paraguai com a desculpa do tal congresso e fechou todas as pontas do golpe! — Murro na palma da mão: — Bem feito pra cara do Neves! Bem que eu tinha falado! Tomou na bunda! A hora que ele souber...

Matozo começava a sentir nos pés a leveza de uma colina amarela, o início de uma grande alegria. Cresceu:

— Isso vocês resolvam. — Bateu no peito: — E como é que *eu* fico? Quero — quase escapou um saboroso *exijo!* — que vocês esclareçam o equívoco. Por favor.

Era preciso acalmar aquele matuto.

— Tem toda razão, seu Josilei. Você... o senhor não quer escrever uma carta à redação de próprio punho? Deixe comigo. Na semana que vem já está rodando.

— Seria ótimo.

Deram-lhe papel e caneta. Discretamente, Matozo voltou a lombada do Beckett para a rua, cobrindo a capa com o envelope. Esfriou: e se eles, sem assunto, resolvessem bisbilhotar aqueles livros? Mas não: agitados, Morais e Fulana procuravam numa pilha a revista com o artigo. Conferiram a fotografia. Matozo esfriou de novo, tirando a tampa da caneta. Faltava pouco para o fim do pesadelo.

— Mas que é parecido... que puta coincidência! Daonde será que Luís arrumou essa foto?

Fulana não estava tão convencida:

— Lembra um pouco, mas não é ele. Veja, a barba por fazer...

— Isso não quer dizer nada. E está um pouquinho fora de foco.

Matozo ergueu os olhos do papel — *Senhor diretor: venho por meio desta* —, entrando no jogo da verossimilhança:

— Parecido é. O que já me deu de dor de cabeça!

Fulana decidiu, concentrada nos olhos reais de Matozo:

— Não é. Não *é mesmo*! Veja os olhos! São *bem* diferentes!

Morais convenceu-se:

— De fato, não é ele.

Matozo engrossou a voz:

— Mas será que eu vou ter de trazer a polícia aqui?! A minha palavra não basta?

— Por favor, Josilei! Já está tudo esclarecido! É só curiosidade! — Jogou a revista na mesa, agora intrigado com outra coisa: — Eu só não entendo um detalhe: por quê?

Josilei Maria Matôzo, abaixo-assinado, RG 744486-9 PR, CPF 094496559-87, residente...

Para Fulana era simples:

— Ora, ele já sabia que ia pra rua e resolveu se vingar.

Mas Morais estalou o dedo:

— Matei! Foi pra encher o saco do Fontana. É isso! — Iluminou-se, voltou à revista, releu a última frase do texto: — Escute: talvez valha a pena, blá-blá-blá, na pior das hipóteses *por falta absoluta de opções visíveis.* É óbvio! O Fontana tinha acabado de lançar um livro, se lembra? E pediu pra fazerem uma resenha!

...nunca escrevi um livro não sendo portanto o autor do livro intitulado A suavidade do vento, *que foi criticado por parte da redação da revista e...*

— É mesmo! E o Luís vivia falando mal!

A satisfação da charada desfeita, o mundo se normalizando:

— Sim, mas como não tinha peito de assinar uma crítica, inventou esse Mattoso só pelo prazer da última frase: *falta absoluta de opções visíveis.* E dizer que fui eu mesmo que corrigi o boxe com a biografia, que estava uma merda. E agora que me lembro — outro estalo de dedos —, bem que o Fontana se aporrinhou com o artigo. Me perguntou lá no Cracóvia: quem é esse pé de barro que inventaram? — Uma gargalhada, em que o prazer da trapaça superava o horror ao Luís: — E o pior é que inventaram mesmo! Ah ah ah!

...não sendo portanto a pessoa do retrato do artigo, cuja semelhança comigo tem me trazido aborrecimentos na cidade. Outrossim...

— Mas será que não existe algum outro Mattoso? Será que o Luís, com aquele jeitão simplório dele, tinha cabeça e peito pra inventar essa história? — Olhou o relógio, agitado: — Que horas o Neves chega?

— Hoje vai se atrasar.

Esperando ver esse esclarecimento publicado na íntegra — e Matozo ergueu os olhos:

— Se o tal existe, não sei. Lá nunca ninguém viu. — Dedo em riste: — Eu é que não sou!

— Pode deixar, seu Josilei. A gente esclarece isso. O senhor desculpe, são coisas que acontecem. — Começava a perceber que o incidente poderia se desdobrar, imprevisível, e estragar ainda mais a imagem da revista. Talvez estivesse sendo muito leviano diante da vítima. Ficou sério: — Uma triste coincidência. Mas o responsável já foi pra rua. Não vai se repetir, eu lhe garanto.

Matozo releu a carta: estava suficientemente mal redigida, e com o toque exato de indignação. Assinou a própria assinatura e entregou o papel.

— É um alívio esclarecer isso pessoalmente. Não aguentava mais o ridículo. Eu moro numa cidade pequena.

Morais disfarçou o riso agora nervoso — e se aquele idiota processasse a revista?

— Eu imagino. Pelo amor de Deus, o senhor desculpe. — Suspirou. — Mas sabe que o senhor tem sorte de não ser escritor? Vida dura, eu que o diga. — Sério, uma expressão sinceramente superior: — É coisa de profissional.

Matozo, renascido do inferno, não se impressionou:

— Eu tenho mais o que fazer. Assunto encerrado. — Estendeu a mão, com dificuldade para esconder as delícias que sentia. — Passem bem!

Não esqueceu os livros no balcão e saiu inebriado para a rua. Céu e sol belíssimos, vontade de pular, de dançar, de dançar pela primeira vez na vida! Parou numa esquina, para rir. Não conseguiu controlar o riso, as pessoas meio que parando diante dele, quem era aquele louco que ria assim ao sol de Curitiba, ao pé da Catedral?

Saiu dali, desdobrando o Tabuleiro ao acaso, atrás de um bueiro onde jogar o envelope com *A suavidade do vento* — mas teve uma ideia mais completa. Voltou correndo à pensão, *correndo mesmo*, subindo a escada aos pulos, sob o olhar faceiro de dona Izolda:

— Feliz hoje, professor? Conseguiu um emprego?

— Melhor que isso!

E trancou-se no quarto, para redigir a carta à editora, esclarecendo: que o nome dele era Josilei Maria Matôzo, documentos tais; que chegou ao seu endereço um pacote destinado a um certo J. Mattoso, que ele abriu por imaginar engano na grafia; que procurou, debalde, durante muito tempo, o verdadeiro destinatário dos referidos livros; que, comprovado o erro de endereço, talvez pela semelhança de sobrenomes, devolvia os livros; que pedia desculpas por ter aberto pacote alheio. Sem mais para o momento...

Levantou a caneta para dar uma gargalhada plena. Quantas vezes na vida conseguira rir assim? O crime perfeito! — e assinou a verdadeira assinatura. Pediu papel de embrulho e barbante a dona Izolda, aliás feliz com a felicidade dele, arrancou cuidadosamente a dedicatória ao Estêvão, sem deixar rastro, empacotou os dez volumes e disparou a tempo de pegar o correio aberto.

Desfilou no entardecer da rua XV, à vontade no tabuleiro. Tomou um cafezinho, surpreendeu-se a conversar com um desconhecido sobre o tempo: de fato, o pior frio já havia passado, acordaram ambos. Depois, fez um lanche reforçado, pesquisou os cinemas e entrou num deles. Foi bom ver aquela sucessão de imagens: nenhuma dor na coluna. À saída, bebeu conhaque num bar, comprou um bilhete de loteria, deu esmola para um aleijado.

Voltando lentamente à pensão, viveu uma saudade incerta, e não lutou contra ela; entregou-se à melancolia, sentindo um carinho difuso e sem endereço. Decidiu, suspirando, voltar para a cidade dele, quando esgotasse o tabuleiro, aquele silêncio bom e o mês pago a dona Izolda.

Às oito da manhã, suado de pó e praticamente arrastando a mala, Matozo parou diante da escada. Surpreendeu-se com a nova pintura branca da casa. Em cima, trinta monstros lutavam por um espaço na janela, focinhos verdes espremidos no vidro, bocarras felizes com a volta do amigo. Matozo suspirou, uma ansiedade apenas discreta. Tinha passado a noite da viagem recorrendo ao método científico, e o pior que poderia acontecer, o item h, era trabalhar no balcão de ferragens do Gordo — o que, bem pesado, não seria tão mau.

Abaixou-se para pegar a mala, quando a porta do térreo se escancarou, com o proprietário enorme, de camiseta furada no peito, abrindo os braços massudos e queimados de sol:

— Professor! Está de volta! — Esmagou e sacudiu a mão surpresa de Matozo. — A patroa me disse que o senhor está de saída. — Consternado: — É verdade?

— Eu... estive pensando... se...

— De minha parte, professor, o senhor fique à vontade. Se o senhor quiser, a gente renova o contrato e o senhor fica o tempo que quiser. O senhor já é da casa, e pra mim, que vivo na estrada, me convém um inquilino de confiança. Até aproveitei a folguinha pra pintar o prédio por fora, a molecada vive riscando a parede.

— Muito obrigado... está bonita a pintura. Eu... — quase disse *lhe asseguro* — ... eu desde já lhe digo que tenho interesse em ficar.

— Que bom! E as férias? Pegou tempo firme em Curitiba?

Encantado, Matozo entrou no labirinto da voz do outro — era fácil! Um jogo agradável e solto!

— Ótimo tempo, bonito o mês inteiro. Um bom descanso!

— Que beleza. Aqui também firmou o tempo. Agora, fez um frio de matar!

— Pois lá teve uns dias de muito frio, mas depois melhorou.

— Também tirei uma folguinha boa. Semana que vem volto pro batente. É duro! Não vejo a hora de largar o caminhão e comprar uma chacrinha.

— É, é uma luta!

— Vai um chimarrão?

— Lhe agradeço, mas estou de chegada, muita coisa pra fazer. Fica pra outra hora.

— A viagem foi boa?

— Boa. Mas sempre cansa.

— Ah, isso é. Então, feito, vizinho!

— Feito! — Apertaram as mãos; desta vez, Matozo esforçou-se para equilibrar as forças do aperto. — Assim que eu tiver uma resposta, hoje ou amanhã, lhe falo do aluguel.

— Certo. Precisando de alguma coisa, estamos aí. A gente é vizinho e quase não se vê!

— É verdade. Obrigado.

Um bom homem, espantou-se Matozo; um homem bom! E a ideia do chimarrão era interessante — não custava experimentar algum dia. Subiu alguns degraus e ouviu o grito alegre da rua:

— Professor! De volta à terrinha?

O dono do Boliche. Matozo sorriu, acenou — e testou, inseguro, a entonação correspondente:

— Pois é!

— Que foi que eu disse? Não estava certo?

Sustentar o olhar era um quesito importante, desde que houvesse sorriso — e a voz saiu exata, *agradável*:

— O senhor tinha razão! Não há nada como o chão da gente!

— Bem que lhe falei! Apareça no Boliche, contar novidade!

— Vou sim! — e arriscou o jargão: — Separa aquela dose caprichada!

— Pode deixar!

Matozo completou, inebriado com o poder excêntrico da voz:

— E sem gelo!

O homem riu, acenou novamente e foi adiante. Matozo completou a escada rindo sozinho: que jogo interessante é conversar! Um território vivo, mirabolante, de ninguém!

Abriu a porta e viu os monstros empilhados num canto: todos beiçudos, braços cruzados, olhos no chão. Emburrados! Matozo deu uma gargalhada:

— Estão com ciúmes, os idiotas!

Não resistiu: foi ao espelho testar suas novas habilidades. Repetiu a voz — *estão com ciúmes, os idiotas!* — oito vezes, com oito ritmos diferentes: alegre, triste, furioso, irônico... e encerrou a bateria com uma risada boa. Ao se voltar, viu de relance os monstros que continuavam empilhados em profunda depressão. Passou os olhos no seu velho espaço e decidiu, mais uma vez, fazer uma limpeza geral. Abriu janelas, juntou garrafas vazias, pegou a vassoura e... lá estava o ponto ótimo na parede: uma faixa de tinta azul, uma faixa de tinta verde.

— Que coisa ridícula!

Escolheu uma faca de ponta e retalhou a tela; em seguida, quebrou em pedaços a armação de madeira e colocou tudo no lixo. O que mais? Ah, o Pink Floyd. Despedaçou o disco no joelho, rasgou a capa e completou o pacote. Coçou a cabeça. Faltava o principal! Abriu as gavetas da escrivaninha, recolheu os originais de *A suavidade do vento*, rascunhos avulsos, cartas da editora — mas para aquilo o lixo era insuficiente. Pegou a panela maior, picou os papéis dentro, derramou álcool e acendeu o fósforo. Em desespero, os monstros tentavam salvar um ou outro pedaço de página, mas saíam pulando de dor com as mãos queimadas.

Matozo ria!

Resolvida essa parte, retomou a vassoura. Ao varrer próximo da porta, descobriu um papel dobrado: um bilhete. Um bilhete do diretor!

Matôzo amigo.

Tenho o prazer de avisá-lo de que já está tudo certo para o segundo semestre. Resolvi diretamente com a Secretaria. Procure-me, por favor, voltando das férias.

O diretor tinha escrito *Me procure* — e corrigiu! Isso era respeito! O coração de Matozo disparou.

Tenho planos para o 2º grau e conto com você. Um abraço.

E a assinatura, só o nome de batismo, sem carimbo!

P.S.: Li a sua carta de desagravo à revista Sul *desta semana. De cabeça cheia que estava não entendi o que tinha acontecido quando você esteve comigo a última vez. Agora compreendo, e você tem a minha solidariedade.*

Comovido, Matozo largou o bilhete na escrivaninha — onde se lançaram os monstros famintos de curiosidade — e deitou-se na cama para um cochilo breve e leve.

Ao atravessar a rua em direção ao Boliche, esbarrou súbito em Bernadete — e ela abriu um sorriso:

— Professor Matozo! Que bom que o senhor está de volta!

Beijinhos no meio da rua — e foi arrastando Matozo até a calçada. Ansiosa:

— O senhor não vai se mudar, vai?

— Não, eu... — Estava frio, de susto; mas reagiu modulando a voz: — Continuo na terrinha. Só tirei umas férias.

A entonação exata, o olhar ajustado!

— Ah, que bom! E o senhor chegou bem a tempo da festa de sábado, lá em casa.

— Que sorte, Bernadete! — Arriscou a dúvida bem-educada: — Quer dizer, se estou convidado...

— Ora, é claro! — Zanga fingida: — Mas tem de me prometer uma coisa: não vai fugir desta vez, vai?

Matozo riu junto com ela, deliciado, simulando vergonha.

— Não, juro que não! — A fala parou um segundo, e farejou de imediato outro caminho: — E o Marquinhos, como está? Preciso devolver os poemas dele.

Engraçado: Bernadete não largava as mãos do professor.

— Ah, nós brigamos!

— Não me diga!

— Também, era só flerte. — Tímida, ela brincava com os dedos de Matozo. — Ele vai pra Londrina, semana que vem, com a família. Mas se eu encontrar eu aviso que o senhor chegou. Ele andava lhe procurando mesmo.

Como Bernadete era simpática!

— Não quer almoçar comigo ali no Boliche?

— Hoje fico devendo, professor, nem avisei minha mãe. Também, convida assim de repente! Tem que avisar antes, que nem eu, professor!

Riram.

— É verdade. — Compungido, mas sem pedir desculpas!

Bernadete tinha ainda um outro assunto: será que ele não lhe daria aulas particulares de português? Ela prestaria vestibular no fim do ano e...

Que ideia magnífica!

— Mas é claro! Por que não me falou antes?

Assim, de supetão, Matozo pensou: *Eu posso casar com ela!*

— Ah, o senhor sempre tão sério... — e Bernadete imitou-o, franzindo a testa, carrancuda.

Ele continuou rindo, vendo-a se afastar. Rememorou os traços da conversa, crescentemente admirado daquela estranha sintonia, voz a voz, saborosa como um beijo na boca. Lembrou Madalena: se casasse com Bernadete, o que diria a ela?

— É simples: as palavras diriam por mim!

Saboreava o almoço, alegremente espantado:

— É engraçado: *eu não era nada!*

Dormiu otimamente a tarde inteira. Tomou um banho demorado e escolheu uma roupa lavada e passada na pensão da dona Izolda, relembrando a tristeza dela quando ele se foi: *Volte sempre, professor!*

Saiu a passear, subindo a avenida e cumprimentando um ou outro conhecido. Uma noite boa pela frente, sem chuva, friozinho agradável. Alguém lhe acenou:

— De volta, professor!? Tudo bem?

— Tudo!

— Apareça!

— Apareço sim!

Quem seria? Tanta gente passava pelos olhos!

Descobriu que a banca de jornais havia mudado de dono, nenhum sinal da Maria Louca. Apresentou-se ao novo proprietário, saindo-se bem na empreitada. O homem, bastante solícito, se desculpou pela precariedade das instalações:

— Pretendo ampliar o local, professor.

Comprou o tabloide do Estêvão. De novo na rua, já noite, foi surpreendido pelo abraço forte do próprio Estêvão:

— Matozo, velhão! E daí? Engordou, está com uma cara boa!

Assimilou rápido a prosódia:

— São as férias! Fazem um bem! — E testou a sintonia fina: — E o jornal, como vai? Acabo de investir nele!

Estêvão riu:

— Pois fez bom negócio! Depois leia o pau que eu dou no presidente do Rotary. Disfarçado, é claro, mas ele vai entender.

— Não me diga! Vou ler, sim.

— Mas falando nisso — e Estêvão interrompeu para soltar uma risada gostosa —, que confusão você aprontou com aquele pessoal da revista, hein?

Uma breve insegurança de Matozo, uma pontada obsoleta na espinha. Mas reagiu, sorrindo:

— Você também leu a carta? Gostou?

— Se gostei? Me torci de rir!

Matozo avaliou rápido a posição das palavras e a situação do jogo. E adiantou-se:

— Foi uma festa! Você precisava ver a cara deles lá em Curitiba!

— Ah ah! Eu imagino! Que barriga da revista!

Matozo parou para acender um cigarro, ganhando tempo. Também ria:

— Eles ficaram putos!

— Mas até a mim você enganou! Direitinho! Eu não entendi nada na hora! — Rememorava, redescobrindo a lembrança: — Quando você me apareceu com aquele livro, uma capa medonha, toda preta, pensei cá comigo: pois não é que esse filho da puta me escreve mesmo um livro esotérico? E você me olhando na maior cara de pau!

Matozo embrenhava-se, atento, no labirinto cheio de variáveis:

— Aposto que você nem desconfiou?!

— Olha, pra falar a verdade, eu até que fiquei com a pulga atrás da orelha, o sobrenome diferente, mas você vivia mesmo falando em horóscopo! Mas afinal quem é esse Jordan Mattoso? Que nome, hein?

— Sei lá, deve ser pseudônimo. Nunca ninguém ouviu falar dele. Mas de mim...

— Se existe, imagina a cara dele agora!

Tiveram de parar para sustentar o riso contagiante. Estêvão abraçou novamente o amigo:

— Matozo, sério mesmo: você é um gênio!

Nem gaguejou:

— Sempre fui! Vocês que não percebem!

Olhava Matozo nos olhos, com carinho, como um auto de fé:

— Matozão velho, quem diria, hein? — Mas o jogo ainda estava cheio de lacunas. — Me diga: como foi que os caras te descobriram? Você ainda vai me contar tudo por escrito, pra gente publicar no jornal. Nós acabamos com aquela merda de revista!

As palavras, súbitas contra a parede, rastrearam instantâneas a saída:

— Nada disso! Chega de confusão, os caras ainda me processam. Esqueça. — Nova sintonia: não decepcionar.

— O que eu topo é a tua ideia antiga, de uma coluna gramatical. Que tal?

— Você topa?

— Topo mesmo.

— Negócio fechado. Vamos lá no Snooker? O pessoal sentiu tua falta. Bem, cá entre nós, a burralhada não entendeu muito o que aconteceu, mas que você está com prestígio, isso está!

Riram os dois.

— E alguma coisa de novo na cidade, esse mês?

— Olha, de novidade mesmo só o Mário Cornudo, que se enforcou.

— Quem?!

— O Mário, aquele um que a mulher fugiu com o carpinteiro e vivia caindo pelos botecos.

Matozo parou, um lanho súbito nas costas.

— É. Apareceu pendurado pelo cinto, na casa dele. Descobriram dois dias depois. Foi o assunto da cidade uma semana inteira.

Continuaram a descer a avenida, sob um silêncio apropriado. Para esquecer a dor que insistia em se espalhar nas costas, Matozo pensou no primeiro artigo para o jornal, sobre a concordância. *O fenômeno da concordância é a demonstração inequívoca da cordialidade gramatical da Língua Portuguesa. Observe os exemplos abaixo.*

A chegada de Matozo no bar foi apoteótica — até os desconhecidos jogadores de sinuca interromperam as tacadas para admirá-lo. O abraço, esmagador, do Gordo:

— Matozo! De volta com a gente! Que saudade!

O Galo abraçou-o em seguida, brincando:

— Como é mesmo a frase da Bíblia? A volta pródiga do filho gênio! E daí, Matozo, tudo bem?

Olhos enfim molhados, uma felicidade aturdida e trêmula, Matozo via dentes alegres, o aceno do dono do bar atrás do balcão, os dados do jogo na mesa. Outro abraço de Estêvão, mestre de cerimônias:

— Mas vamos festejar! Roberval, cerveja pra gente!

O Gordo punha os dados no copinho:

— E depois vamos jogar. Hoje o Matozo me paga o que deve!

Riram e abraçaram-se, comovidos. Matozo ainda sentiu algumas pontadas nas costas, curtas e fortes, mas nada que um bom médico não pudesse resolver. Encheram os copos de derramar espuma e ergueram os braços, brindando num grito de guerra:

— Viva Matozo!

Cortina

Acordei suando e consultei o relógio: estava atrasado. Embarquei no ônibus, acendi os faróis, fiz sinal de luz, saí da estrada e subi a avenida atropelando figurantes. Estacionei minha lata velha e barulhenta diante do bar, puxei a alavanca da porta e desci de um pulo à calçada, a tempo de ver Matozo esvaziando com volúpia o copo de cerveja, cabeça para trás, o pomo de adão indo e voltando. Sorri: aquela cerveja estava certamente deliciosa. Todos me viram e se calaram, menos ele, que, surpreendido pelo silêncio, depositou lento o copo na mesa e olhou espantando em torno, até me reconhecer. Parecia contrariado.

— Acabou?

— Estamos em cima da hora.

Estêvão espreguiçava-se com gosto; Roberval desligou a televisão e tirou o avental, os jogadores de sinuca largaram os tacos. Mais gente se aproximou: seguranças do cassino, a Maria Louca, o diretor, o Mário Cornudo — o primeiro a entrar no ônibus — e até o Morais, que, ao lado de Fulana, aproveitou o último instante para um gole de cerveja. Vi o Galo dar um tapinha das costas de Matozo:

— Sério mesmo: aquela noite que você entrou no bar pra pagar a conta e ninguém te olhou, me deu uma vontade de quebrar o roteiro e te abraçar!

— E por que não me abraçou?

O Galo parou, olhar fixo em Matozo, de quem não entende; de fato, um olhar vazio.

— Não sei.

Ainda atordoado, resvalando no meio daquele bando de gentes, Matozo se aproximou de mim. Aceitei um cigarro dele, que ele acendeu com as mãos trêmulas, e traguei fundo, soprando para o alto. Mas não consegui sentir o prazer que ele sentia; não era a mesma coisa. Cumprimentei o Gordo, que estava entrando no ônibus.

— E daí? Como foi?

— Não gostei do final.

Fingi não ouvir. Voltei ao Matozo — ele parecia disfarçar alguma coisa na mão. Tímido, perguntou:

— Posso levar esse livro?

— É claro!

Estêvão passou por mim, propondo rápido a charada:

— Quem nasceu antes: o escritor ou o leitor?

E com uma risada correu para o ônibus, quase atropelando Bernadete, que passava batom nos lábios. Adiante, Izolda conversava com uma desconhecida. Matozo permanecia a meu lado. Puxei assunto:

— E os monstros?

Ele conferiu as horas, olhou para a esquina:

— Eu... acho que eles não vêm mais.

Ouvi o grito bem-humorado de Marquinhos:

— Como é, professor!? Vai ou não vai comentar meus poemas?

Matozo continuava inseguro.

— Você... sumiu! Mas a gente pode conversar na viagem.

E entraram juntos no ônibus. Percebi que todos queriam continuar sendo o que não eram mais; eu também, perigosamente. Mais gente embarcava, uns alegres, outros carrancudos, outros sem face. Dei uma última tragada e joguei fora o cigarro. Ao me voltar, esbarrei em Míriam, esbaforida:

— Quase que perco o ônibus!

Ela avançou corredor adentro, acomodando-se ao lado de um segurança do cassino, que, de terno escuro e escravo da memória, prosseguia taciturno.

Sentei ao volante, fechei a porta e fiz o retorno. Uma quadra adiante por pouco não atropelo Madalena — ela abria fantasmagórica os braços na luz do farol, mostrando aflita o sapato com o salto quebrado. Deixei-a entrar. Pelo retrovisor, vi um bando difuso que perseguia o ônibus aos gritos, mas fui adiante, pegando a estrada.

Uma noite boa para viajar.

Duas palavras sobre esta edição

Escrevi este livro em 1990, auxiliado durante um ano por uma Bolsa Vitae de Literatura, hoje desaparecida, mas que à época representou o início de um movimento institucional de apoio ao escritor brasileiro, antes ainda do império da Lei Rouanet. O livro foi publicado em 1991 pela Editora Record, com uma recepção crítica razoável para um autor fora do eixo e ainda patinando no Brasil pré-internet. Houve uma segunda edição, bastante revisada, em 2003, pela editora Rocco.

Um colega escritor, a quem admiro, uma vez me confessou que considera *A suavidade do vento* o meu melhor livro, mas que eu deveria suprimir o início e o fim, deixando apenas o miolo narrativo. Como este é um romance pelo qual tenho um carinho especial, pensei bastante a respeito, porque ele tocava num aspecto importante. O que com o tempo passou a me incomodar no texto original era o seu toque, digamos, "pós-moderno", alguns cacoetes literários típicos dos anos 80 e 90, hoje bastante datados, e que agora me pareciam intrusos no livro. Uma parte destes sintomas — o amor pelas citações, por exemplo, ou o abuso da metalinguagem e das conversas com o leitor — eu já havia revisado na segunda edição, para não distrair a narrativa do seu centro, que tem, na essência, a estrutura simples de uma fábula moral. Mas na "moldura" narrativa — o "prólogo" e a "cortina" —, eu relutava em mexer, porque ela ilustra o caráter fabular do romance, a sua composição dramática basicamente não realista. *A suavidade do vento* foi pensada quase como uma peça de teatro. Depois de prontos, e já com algum tempo de afastamento, sinto os livros que escrevo como animais estranhos que precisam ser decifrados.

De qualquer modo, fiz um teste, lançando o livro, sem a "moldura", como autopublicação digital no site da Amazon (onde tenho outros livros, de formação ou de circunstância, que não pretendo publicar em papel mas que ficam lá disponíveis aos interessados). A resposta, pelos comentários de internet, parece que foi boa, considerando o universo de leitores preferencialmente digitais, o que — eu desconfio — tem um perfil bastante específico no conjunto do leitor brasileiro. Mas, enquanto isso, para preparar esta edição, pedi ajuda a alguns leitores especiais, e abnegados, que gentilmente palpitaram a respeito.

A ideia, obviamente, não seria descobrir a forma que mais agradasse o leitor, mas — pelo menos na fantasia que costumo criar a respeito do meu próprio trabalho — a mais fiel à alma original do romance. De todas as conversas e generosas sugestões sobre esta reedição, agradeço especialmente a Lucas Bandeira, meu paciente editor; a Ana Paula Hisayama, minha agente; e a Fabiano Maisonnave, amigo que, entre muitas qualidades, nasceu em Foz do Iguaçu e portanto conhece na pele a região em que se move nosso desventurado Matozo. Das linhas e, principalmente, entrelinhas que ouvi, está aqui a versão enfim definitiva — que, é claro, será para sempre responsabilidade única do autor.

C.T.

Este livro foi composto na tipologia ITC
Slimbach Std, em corpo 10,5/16, e impresso
em papel off-white no Sistema Cameron da
Divisão Gráfica da Distribuidora Record.